U0670902

花朵的故事

Flower Fables

[美]路易莎·梅·奥尔科特 著

漪然 译

云南出版集团

云南美术出版社

送给　艾伦·爱默生

写于波士顿，1854 年 12 月 9 日

目录

夏夜的月光笼罩着沉睡的大地。在凡人看不见的地方，精灵们正翩翩起舞。沾满露珠的树叶下，萤火虫的串串灯笼正随着清凉的夜风闪烁。花朵们睁开惊奇的眼睛，注视着身边这些小小的精灵。精灵们有的在宽宽的蕨叶上休憩，有的在葡萄藤蔓上荡秋千，有的乘着百合花小船在湖面航行，有的和着风铃草的音乐在青苔上跳舞。在深夜，这些小花总是会奏出特别美妙的音乐。

在一朵野玫瑰的阴影下，端坐着精灵女王和娇小的女傧相，闪着银光的大蘑菇上摆着丰盛的宴席。

"现在，我亲爱的朋友们，"女王说道，"为了度过这个明亮的月夜，我们每人来讲一个故事，或者说说今天都干了些什么吧。我看，就从你开始吧，晴空。"她转过身，对一个可爱的小精灵说道。此时，晴空正悠闲地躺在樱草花芬芳的绿叶上呢。

带着甜甜的微笑，晴空开始讲故事了："我为风铃草的花瓣染色的时候，它给我讲了这个故事。"

Chapter 01
冰霜国王

晨风轻柔地吹拂着，阳光温和地照耀着露珠闪烁的草地。蝴蝶高兴地舒展开翅膀，蜜蜂在花丛间嗡嗡地吟唱。小云雀一边快活地跳来跳去，一边窥探着这些美丽的小虫。

三个小精灵正围坐在一朵银白色的蘑菇旁吃早餐。她们分别坐在自己最喜欢的雏菊花、樱草花和紫罗兰的花瓣上。就像所有的小精灵一样，她们显得很快活。

几块小小的花粉蛋糕放在一片宽大的绿叶上，旁边摆着草莓、紫罗兰蜜糖和牛奶草制的黄油——这些就是精灵们的食物，而饮料则是从花瓣上采集来的露水。

"唉，"樱草花精灵轻轻地叹了一口气，然后将身体向后一仰，"太阳晒得多热啊！再给我一颗草莓吃吧，我得赶紧去蕨丛的阴凉下待着了。不过，在我吃草莓的时候，亲爱的紫罗兰，能不能跟我说说，你为什么这么没精打采的？自打从玫瑰田那儿回来以后，我就再也没有看到过你开心的面孔。亲爱的，究竟出什么事了？"

"让我告诉你吧。"小小的紫罗兰精灵说，她那温柔的眼里满含着泪水，我们善良的女王一直想从残酷的冰霜国王手里，挽救这些美丽的花儿。她尝试了许许多多的方法，可是都无济于事。她向冰霜国王派去了数不清的使者，给他送去了一大堆珍贵的礼物。可使者们回来时，却个个面色憔悴，郁郁寡欢。我们不分昼夜地照料花朵，可还是无法消除黑暗魔力对她们的影响。看来，我们精灵只剩下为一去不复返的花季痛哭了。虽然我们做了各种努力，却全是徒劳。今天晚上，我们的女王将举行最后一次会议来讨论这件事。这就是我不开心的原因。亲爱的樱草花，女王一直在照料和关心我们，可在这个时候，我

们却一点儿忙也帮不上。

"这真是一件痛苦的事。"她的朋友樱草花精灵说道，"可既然我们帮不了她的忙，我们就必须忍着点，不要让那些无用的悲伤打扰我们的快乐时光。哎呀，亲爱的姐妹们，你们没看见太阳已经爬得老高了吗？我得去卷卷头发，理理长袍，好参加晚上的聚会。我必须走了，不然，在这么热的阳光底下，我肯定会晒得像棕色的枯叶片一样难看了。"说着，她摘下一朵细柄的蘑菇做遮阳伞，打着它飞走了。不一会儿，雏菊花精灵也跟着她走了。眼下，只剩下紫罗兰精灵独自待在原野上。

紫罗兰精灵再次铺好了餐桌，忙碌的蚂蚁和蜜蜂、快乐的蝴蝶和鸟儿都围拢过来，可怜的盲鼹鼠和最不起眼的小蚯蚓也应邀赶来了。紫罗兰精灵十分温柔，轻声跟来宾说这说那。对所有的小生灵，她都一视同仁。每个小生灵都从这位善良的小老师那里学到了一些新东西。

蚂蚁和蜜蜂学会了慷慨，蝴蝶和小鸟学会了满足，鼹鼠和蚯蚓学会了相信别人的爱心。他们离开紫罗兰精灵，回到了各自的家，都觉得比原来充实、快乐多了。

夜晚来临了。精灵们聚集在会场上，纷纷发表自己的意见。此时，她们善良的女王正端坐在青苔宝座上，看上去比所有围绕在她脚下的小精灵都更加忧心忡忡。夜色中，她那亮晶晶的双翅和沙沙作响的长袍，就像绚丽多彩的花朵，闪烁着点点微光。

终于，女王站起身来，会场上顿时鸦雀无声。在一片沉寂中，她说出了这番话——

"亲爱的孩子们，我们绝不能放弃，尽管继续工作下去是艰苦而且乏味的。可想一想那些渴望得到我们帮助的小小心灵吧。没有了花朵，大地会变成什么样！我们的家园，会多么凄凉！这些花儿用爱与美，还有温柔的思想，照亮了我们的心，难道我们能丢下它们，让它们在荒凉和寂寞中死去吗？它们把自己的一切都奉献给了我们，难道我们不该为它们创造一个和平安宁的家园，为它们能够再次盛开而付出一点点辛劳吗？我们曾试图让残酷的冰霜国王发发慈悲，可一切都是徒劳，他的心肠就和他冰冻的国土一样僵硬。爱不能融化他，仁慈也不能使他回到阳光和欢乐之中。我们怎样才能将这些脆弱的花朵，从他冷酷的心肠中解救出来呢？谁能给我们提一些建议？谁愿意为我们做这最后一次尝试？我的臣民们，开口吧。"

会场上顿时议论纷纷，精灵们你一言我一语，说出了自己的看法。她们有的建议送去更贵重的礼物，有的建议发动战争，一些胆小的则认为还是应该忍耐和屈服。

她们热烈地争论了许久，柔美的嗓音也渐渐变得尖锐起来。

就在这时，空中飘来一阵轻柔的音乐声。顿时，所有的争吵都停止了。在一片令人惊诧的静谧中，精灵们都想知道接下来会发生什么事。

这时，一个小小的身影穿过精灵的队伍，来到了女王的宝座跟前。只见她头戴洁白的紫罗兰花环，金色的发丝垂在面庞两侧。当她向女王屈膝行礼时，可爱的脸蛋上浮起了一片红晕。小小的紫罗兰精灵说道：

"亲爱的女王，我们一直屈从于冰霜国王的威力，为了满足他的虚荣心，我们只知道不停地送上各种礼物。可是，我们有没有十足的信心去面对他，勇敢地指出他的行为是多么可恶？我们有没有用不灭的热情之火去照亮过他冰冷的心？我们有没有温和而耐心地向他解释过：爱，可以将黑暗的地狱变成光明而美丽的天堂？"

"我们的使者都是带着恐惧、冷漠和彬彬有礼的宫廷辞令去给国王送礼的。可冰霜国王并不稀罕这些礼物，出于国王的傲气，他把这些礼物又都送了回来。"

"现在，就让我——您臣民中最弱小的一个，去面对他吧。我始终相信，即使是最冷酷的内心，也会隐藏着一点爱的。"

"我要带上一个用最美丽的鲜花编织的花环，我要让花朵环绕在他身上，让明媚的色彩在他眼前绽放，把甜蜜的念头注入他的脑海。我要让花朵轻柔的呼吸，像最温柔的话语一样在他耳边萦绕。这样，眼看着花朵因为寒冷而在自己胸前枯萎，他难道不会发出一声叹息吗？这就是我要做的，亲爱的女王，到了冰霜国王那里，我就绝不会离开那死气沉沉的国度，除非那儿也阳光普照、鲜花盛开，就像我们自己美丽的家园一样。"

女王默默地听完了这番话，然后站起身，把手放在小紫罗兰的头顶，对所有的小精灵说道：

"我们都因为屈从于骄傲和魔力而犯了个大错误，直到我们这些精灵中最弱小的一个，用她纯洁坦诚的心灵，给我们提出比最高贵的臣子所说的更为明智的建议。所有支持我们这位勇敢小信使的精灵们，请举起你们的魔杖吧，也好让我知道，谁依然对爱的力量充满信心。"

所有的精灵都向空中举起了闪光的魔杖，不约而同地用银铃般的嗓音呼喊道："相信爱！相信紫罗兰！"

于是，女王和紫罗兰手牵着手从高高的宝座上走下来，和精灵们一道，齐心协力地编织起最美丽的花环。她们小心地采下带着夜露的花朵，一边编织着花环，一边念着音乐般动听的咒语，将精灵的祝福注入这些明媚娇艳的花朵——它们即将起程到那个阴暗的地方，去面对死亡，而其他可爱的花朵却可能因此得以保全。精灵们一直忙个不停，直到月儿渐渐落下，花环终于做好了。美丽的花朵在柔和的星光下熠熠生辉，绕着花环站成一圈的精灵们，在合鸣下轻声吟唱——

"我们为你们送别，亲爱的花朵，

你们将面对死亡的沉寂，

在那冰冷的坟墓上面

也许不会有姐妹来为你们哭泣。

可在这光明的国度，你们的家园，

生命将会拥有永不褪色的灿烂与辉煌，

你们的微笑是另一种纪念，

就如我们悲伤的歌吟。

哦，替我们温柔地请求，

用爱的声音

感动那冷酷的心灵，

让他收回成命。

虽然你们会在黑暗中枯萎，

善良的生灵却会永远诉说

你们带来的快乐与和平。

花朵们，再见了，亲爱的花朵！"

清晨的太阳温柔地注视着广阔的绿色原野，一片片白云此起彼伏，大地成了一个巨大的花坛，花儿们在晨风中欢乐地起舞，鸟儿们在绿叶间高奏着晨曲。这时，高高的空中，划过一个双翅闪闪发光的小小身影。阳光轻抚着她光滑的发丝，风儿亲吻着她欢快的面容，为她送上了最迷人的芬芳，大地也在向她点头微笑。小紫罗兰穿过一片晴空，怀抱鲜艳的花环，飞入了柔软的白云之中。

她飞呀，飞呀，越过山丘和溪谷，穿过江河与森林。渐渐地，温暖的阳光开始消逝，阵阵风儿变得冰冷，阴郁的天空飘起了雪花。这时，她远远地看见了冰霜国王的宫殿——灰白色的坚硬冰柱支撑着一个高大的穹形屋顶，屋檐下挂满了水晶般的冰凌。死寂的花园环绕在宫殿周围，里面全是凋零的花儿、耷拉着枯枝的树木。黑沉沉的天空下，阴云低垂，一股寒风呜呜地呼啸着划开似乎冻结了的空气。

紫罗兰的心怦怦直跳，她把发蔫的花环紧贴在怀里，鼓起羸弱的翅膀，坚定地向着这个死气沉沉的国度飞去。

在宫殿紧闭的大门前，站立着许多面色乌黑、嗓音尖厉的家伙。他们拦住了浑身颤抖的小紫罗兰，凶巴巴地问她到这儿来做什么。

她轻声地告诉了他们自己来这里的使命，并恳求他们在寒风吹落那脆弱的花环之前，让她到宫殿里去。于是，他们带着讥笑打开了大门。就这样，小紫罗兰走进了冰霜国王的宫殿。

刚一进去，她就立刻被雕刻着奇怪图案的冰墙包围了。闪闪发光的冰凌从高高的房顶垂下来，洁白、松软的雪花覆盖了坚硬的地面。冰霜国王高高地坐在悬于云端的宝座上。只见他白色的卷发上戴着一顶水晶王冠，冰冷的胸膛前遮着一件精巧的、编织着霜花纹样的黑斗篷。

国王严厉的表情并没有吓住小小的紫罗兰。她从容地穿过长长的大厅，既没有在意脚下的积雪，也没有留心耳边的阴风。当她走过大厅时，整个黑暗的墙壁都被金色的光芒照亮了。冰霜国王惊奇不已，呆呆地注视着这幅奇异的景象。

花环上的花朵们仿佛也知道自己的使命似的，都绽开了鲜亮的花瓣，散发出一阵阵甜蜜的奇香。勇敢的小紫罗兰来到高大的宝座前，躬身说道——

"悲伤和毁灭之王啊，请不要赶我走，让我带来的光与暖，使您的黑暗国度再度变得明亮、欢乐起来吧；让我为那荒凉的花园召唤回美丽的生命吧，它们轻声的祝福，会让您胸中充满永恒的喜悦。放下您冰冷的王冠和权杖吧，好让阳光和仁慈降临到您的心中！"

"到那时，大地将开满美丽的花朵，您黯淡的目光将被一幅幅美景点亮，动听的音乐将唤醒这死寂的大厅，无数爱戴您的臣民将簇拥在您的身旁。给这些和善的花朵一点儿同情心吧，它们本可以永不凋零，用美好的品德给我们增添智慧，用可爱的容颜给大地带来欢乐，您为什么要将它们毁灭呢？我把这些花儿放在您的面前，它们满载着整个精灵王国的祈求，在这祈求得到回答以前，请不要赶我走！"

紫罗兰把花环放在国王的脚下，她那豆大的泪珠滴落在娇嫩的花瓣上。这时，金色的光辉变得更加明亮了，仿佛要淹没这个跪在宝座前的小小身躯。

冰霜国王看着这个可爱的小精灵，冷峻的面孔稍稍柔和了一些。此时，花朵们仿佛也在用它们芬芳的声音向他恳求，诉说着失去姐妹的痛楚和对弱小者施爱带来的无限快乐。可是国王却把黑色的斗篷拉紧了些，冷冰冰地答道：

"我不能接受你的请求，小精灵，我已经决定要让这些花朵死去。回去见你的女王，告诉她，我不会为了那些愚蠢的花儿收回成命。"

小紫罗兰将花环挂在国王的宝座上，拖着疲惫的脚步来到王宫外寒冷而黑暗的花园里。那金色的光辉始终跟随着她，无论她走到哪里，都有花儿和绿叶在光辉中吐露生机。

这时，冰霜幽灵们来了，花朵在他们冰冷的翅膀底下迅速枯萎了。他们把小紫罗兰带到一个低矮、昏暗的小房间里，并告诉她，由于她违抗国王的命令私自留了下来，国王很生气。说完，他们就离开了，把紫罗兰独自一人留在那里。

小紫罗兰孤独地坐着，想起了自己温暖的家乡，不禁心酸地哭了起来。可是，不一会儿，她好像看见了森林中奄奄一息的花朵们，听见了它们在轻声呼唤，请求她的帮助。她立刻停止了哭泣，耐心地等待着即将发生的一切。

没过多久，小紫罗兰身边金色的光辉又微微闪烁起来，慢慢地照亮了小小的房间。突然，她听见什么地方传来了轻微的呼救声。原来，在屋顶悬着的蜘蛛网上，几只可怜的小飞虫正在苦苦挣扎，而它们的敌人则安坐在自己的网中，欣赏着它们痛苦的样子。

小精灵立刻用手中的魔杖解开了捆着小飞虫的蛛丝，又小心地包扎起它们折断的翅膀，医治它们的伤口。这些小家伙躺在温暖的光辉里，发出轻轻的嗡嗡声，向救命恩人表示感激。

她朝那些丑陋的棕色蜘蛛走去，用轻柔的话语告诉它们，在精灵的世界里，它们的亲戚为精灵们纺纱织线，而作为回报，精灵们则给它们提供食物。就这样，蜘蛛们快乐地居住在绿叶丛中，为邻居们编织衣裳。"你们也可以这样，"紫罗兰说道，"可以为我纺线，我会给你们比可怜的小飞虫好得多的食物。你们可以和平共处，用你们漂亮的丝线为那个冷冰冰的国王织一件斗篷吧。我要在斗篷里加一些金线，当它遮在国王冰冷的胸膛上时，光明的念头就会悄悄钻进他的内心深处。"

紫罗兰说完，唱起了欢快的歌。那些小小的纺织能手，开始在她身边纺织着银色的丝线。飞虫们则展开闪亮的翅膀，在紫罗兰的头顶亲昵地飞来飞去。顿时，整个房间都笼罩在金色的柔辉之中。

冰霜幽灵把这一切都告诉了国王。冰霜国王非常吃惊，偷偷地来到紫罗兰的小房间外，想看个究竟。只见屋子里一片光明，朋友和敌人正在一起安静地工作。屋子里越来越亮，光明终于溢出房间，飘到了寒冷的空气里，像一朵云彩稳稳地悬在了花园的上空，即使是幽灵们的魔力也无法将它驱散。这时，枯枝上钻出了嫩绿的叶芽，甚至还绽开了一些花朵。可是幽灵用雪盖住了花朵，它们垂下了头，又一次凋谢了。

斗篷终于织好了，银灰的底子上交织着闪亮的金线，漂亮极了。小紫罗兰把斗篷送给了国王，她恳求国王穿上斗篷，这样它就可以将爱与安宁注入国王的胸中。

可国王却轻蔑地将斗篷丢在了一旁，并命令幽灵们将紫罗兰带到一个更加寒冷的、深埋在地下的房间里去。在那里，幽灵们嘲笑了紫罗兰一番，就丢下她走了。

紫罗兰依然唱着欢乐的歌，雨滴声成了为她伴奏的音乐。坐在冰霜城堡中的国王，也不禁对那悄悄传到自己耳中的甜美声音惊奇不已。

就这样，小紫罗兰留了下来。每天，那金色的光辉都会变得更加明亮一点。不久，从石墙的裂缝中钻出许多穿着天鹅绒外套的小鼹鼠。他们请求紫罗兰，让他们留在温暖的光芒中，倾听美妙的音乐。

"一直以来，"他们说道，"我们都生活在这又冷又闷的地方。这里只有干枯的花根，没有一滴露水让我们润润嗓子，也没有一粒种子或是一张叶片让我们填饱肚子。啊，好心的小精灵，就让我们做你的仆人吧。只要你从每天得到的面包里，给我们留一点点碎屑，我们就尽一切力量帮助你。"

小紫罗兰同意了他们的请求。从此，鼹鼠们每天卖力地挖掘，他们要挖一条通向冻土下的隧道，好让小紫罗兰找到那些干枯的花根。不久，在紫罗兰穿行而过的黑暗走廊里，无数花根在柔和的光辉下恢复了生机。它们在温暖的土地中延展开来，将新鲜的汁液输送到地面。花朵们吮吸着源源不断的营养，在光

辉中重新盛开了。这一次，冰霜幽灵再也无法伤害它们了，因为幽灵们一走近那金色的光芒，就立刻失去了邪恶的魔力。

国王从黑暗的城堡里看到了这些幸福的花朵，它们向他欢快地点着头，用鲜艳的色彩告诉他，那善良的小精灵是如何在地下坚持不懈地工作，终于使它们重新获得了生命。可国王转身离开了，回到了自己的宫殿。他第一次感到了宫殿里的阴冷和灰暗，不由自主地披上了小紫罗兰送给他的斗篷，坐在了宝座上。挂在宝座上的那串枯萎了的花环，散发出奇妙的暖意，令国王惊讶不已。终于，他命令幽灵们去把小精灵从黑暗的囚牢中放出来。

很快，幽灵们就慌慌张张地跑了回来。他们请求国王赶快去看看那间阴冷、黑暗的牢房，现在变成了多么温暖、明亮的地方。

国王来到了小紫罗兰的房间，只见粗糙的地板上盖满了浓绿的青苔，挂满花蕾的藤蔓爬上了墙壁和房顶，空气中弥漫着香甜的气息。在清澈的亮光里，闪烁的露珠在绿叶上投下了粉红的影子。小紫罗兰站在花藤下，正把面包屑分给毛茸茸的小鼹鼠，而他们则在她的脚边快活地跑来跑去，一边吃一边倾听她美妙的歌声。

看着这变得比他的宫殿不知要可爱多少倍的牢房，冰霜国王仿佛听到心里有个温柔的声音，在劝说他同意小精灵们的请求，并让小紫罗兰回到朋友们身边。可就在这时，冰霜幽灵们向花儿们吹出了寒气。因为对国王来说，花儿是毫无价值的。冷酷的想法又回到了冰霜国王的心里，他厉声命令小紫罗兰立刻离开。

紫罗兰悲伤地告别了她的朋友们，跟着国王来到王宫宝座前，等待发落。只见她温柔的脸庞变得苍白而憔悴，漂亮的长袍变得褴褛不堪，那对坚强的翅膀也虚弱地垂了下来。但金色的光辉依然环绕在她身旁，并在她的魔杖上闪闪发亮。她正是用这温暖的光芒和心中无尽的爱，把这荒凉的地方变成乐土的。看着眼前这个为自己做了那么多事情的小精灵，国王怎么也硬不起心肠来斥责她。他只得用温和的声音说道：

"小精灵，如果我不伤害你喜欢的那些花儿，你会回到自己的家乡去吗？让我和冰霜幽灵按照我们的意志去处理其他的花儿吧。大地非常广阔，我们可以在别的土地上找到它们。而你，只要保护好自己的花朵就行了，何必再去管其他花朵呢？你接受这个选择吗？"

"啊！"小紫罗兰悲伤地回答，"难道您不知道，在每一朵花儿鲜艳的花瓣底下，都跳动着一颗温暖的心吗？它们有爱，也有忧愁，就和你我一样。我又怎么能为了救出自己喜欢的花儿，而任由残酷的魔力去伤害其他美丽而无助的生命，让它们陷入痛苦和毁灭呢？我宁可永远被囚禁在您最黑暗的牢房里，

也不愿失去心中温暖而忠诚的爱。"

"那么，你听好了，"国王说道，"我要你完成一个任务：你给我建造一座比我现在的宫殿更加美丽、宏伟的宫殿。我以我的王冠保证，如果你能够创造这个奇迹，我就同意你最初的请求。现在你走吧，去完成你的任务。我的幽灵们不会再伤害你了，我也会等着你，不会毁灭任何一朵花儿。"

小紫罗兰心情沉重，再次来到王宫外面的花园里。她辛辛苦苦地工作了这么久，力气都快用尽了。花园里的花朵们向她发出感激的耳语，并且合拢起花瓣，仿佛在为她祈祷。小紫罗兰看到花园里到处都是可爱的朋友，都在竭力为她欢呼，并感谢她做出的一切，于是，勇气和力量就又回到了她的身上。这时，一层厚厚的迷雾忽然升腾起来，把她和外界隔离开了。看着这一切，所有的花朵都惊呆了。就这样，小紫罗兰孤独却又满怀信心地开始工作了。

日子一天天过去了。冰霜国王开始担心自己的要求对那个小精灵来说太严厉了。虽然从迷雾的墙壁后面可以看到晃动的影子，也可以听到微弱的声音，但是那美妙的歌声却再也听不见了。与此同时，金色的光辉也从花园里消失了，花朵们都低垂了头。黑暗和寒冷就像小精灵刚刚到来时一样，笼罩了整个冰霜王国。

但是，在严厉的国王看来，他的王国比以前显得更加荒芜和凄凉，因为他已经开始想念那温暖的光辉、快乐的花朵，特别是小紫罗兰精灵的微笑和歌声了。每天，他都在自己那死气沉沉的宫殿里走来走去，想弄清楚自己从前怎么会习惯于这样的生活——没有光明，也没有热情的生活。

这时，整个精灵王国都在为小紫罗兰哭泣。大家都以为她一定是死了，从精灵女王到最小的花朵，全都在痛苦地思念着这个和善的小精灵。她们伤感地注视着小紫罗兰抚爱过的每一只小鸟、每一朵小花，尽力回忆和模仿着她温和的一言一行。她们戴上用柏树枝做的花环，悲伤地谈论着她们以为再也见不到了的可爱朋友。

就这样，她们一直沉浸在最深切的悲痛之中。直到有一天，忽然来了一个穿着黑色斗篷的陌生人。他用惊奇的目光，注视着这个光明的地方和戴着美丽花冠的小精灵。精灵们和蔼地向这个疲惫的陌生来客表示欢迎，并拿出新鲜的露水和红通通的水果款待他。来客终于恢复了精神。他告诉精灵们，自己是冰霜国王派来的使者，国王想邀请精灵女王和她所有的臣民，一起去冰霜王国参观小紫罗兰建造的宫殿。因为迷雾的帘幄很快就要揭开，紫罗兰会发现自己建造的宫殿不可能比冰雪城堡更美丽，国王希望她的精灵同族们能够在那一刻聚在她身边，给她安慰，并把她带回家乡。小精灵们听到这个消息，不禁失声哭泣起来。使者连忙又告诉她们，小紫罗兰曾经是多么努力地工作，又是如何用她的耐心和爱，使得那黑暗的牢房变得光明而美丽的。

使者还告诉了她们许多别的事情。原来，小紫罗兰得到了许多冰霜幽灵的喜爱，尽管他们毁掉了许多她辛辛苦苦才救活的花朵，但她却始终很温和地同他们谈心，并试图给他们描绘出爱是多么的美好。使者在精灵王国逗留了很久，越来越感到小紫罗兰是一个多么不可思议的精灵——她竟然舍得离开这样美妙的家园，跑到他那冷酷主人的荒凉国土上，去忍受种种折磨和不幸，并且还不忘给其他弱小者带来生机和欢乐。精灵们都答应按时赶到冰霜王国，忧伤的使者这才恋恋不舍地向这片幸福的土地道一声再见，飞向了自己的国度。

最后的时刻终于到了。冰霜国王在黑云华盖的遮蔽下，坐在荒凉的花园里，面对着那堵雾墙。从墙后不时传来一阵阵轻柔的声音，仿佛是沙沙作响的树叶声和啾啾的鸟鸣声。

不久，从空中飞来了一群身着彩装的精灵。精灵女王穿着饰有银色百合花的雪白长袍，戴着闪光的王冠，飞在最前面。对身穿漂亮的金红相间衣服的精灵，用喇叭花演奏着美妙的音乐。女王的其他臣民全都带着可爱的笑脸和明亮的目光，在她的周围飞着。

这些精灵就像一群大蝴蝶，她们那熠熠生辉的翅膀和五彩斑斓的衣裳，在阴暗的空中闪烁不停。她们刚一到来，光秃秃的树上立刻开满了鲜艳的花朵。她们甜甜的声音，像音乐一样在花园中飘散开来。冰霜国王就像看着自己的孩子一样，注视着这些可爱的精灵。他再也不感到奇怪，小紫罗兰会那样思念自己的家乡了。现在，他的宫殿看上去更加阴暗和荒凉了。当精灵们到处寻找花朵的时候，他的脸都羞红了，因为在他的国土上一朵花也没有。

最后，一阵温暖的风儿吹过了花园，迷雾散开了。在冰霜国王和所有精灵们的眼前，悄然展现出一幅无比奇妙的景象。

在目光所能触及的最高处，高树上垂下无数枝条，形成了美丽的拱门。金色阳光穿过门廊，在碧绿的草地上投下明亮的影子。美丽的花儿在清风中摇曳，用它们轻柔的声音吟唱："爱，是多么美妙。"

散发着芬芳的花藤，用嫩叶围绕着树干，将大树装点成一根根翠绿的擎天柱；股股清泉朝穹顶喷涌起一片片明亮的水花；

一群群长着银色翅膀的小鸟在花丛间飞舞，还有一些鸟儿正在可爱的巢里孵蛋，温顺的鸽子在绿叶丛中咕咕地歌唱；雪白的云朵正从万里晴空中缓缓飘过。所有这一切，都沐浴在金色的光辉之中。这光辉比从前任何时候都要明亮、温暖。

小紫罗兰从长长的走廊里轻快地跑了出来，花朵和绿叶在她跑过时沙沙作响。她一直跑到冰霜国王的宝座前，向他递上了两顶王冠：一顶王冠上是闪烁的冰凌，另一顶王冠上装饰着纯洁的百合花。紫罗兰跪在国王面前，说道：

"我的任务已经完成了！我要感谢泥土和空气的精灵，在他们的帮助下，我已经建造出精灵所能建造的最美丽的房子。您现在必须决定了，您是否愿意做花朵王国的君主，把我的同族当作您亲爱的朋友呢？您是否愿意永远享有这一切安宁和幸福，去爱绿色大地上这些芬芳的孩子？如果是，就请接受这顶花朵王冠吧。但如果您在这里感到不快乐，您也可以回到自己冰冷的宫殿，生活在孤独和黑暗之中，因为没有一丝阳光和喜悦可以透过那个地方。"

"如果您决定要让那些幽灵满载着悲伤和死亡遍布大地，从那些原本爱您和尊敬您的生灵们中间赢得恐惧和憎恨，那么就戴上这顶闪光的冰凌王冠吧。如果您可以将这光明和美好的一切关在门外，那您的心肠也一定和它一样又冷又硬。现在，请您选择吧。"

冰霜国王凝望着这小小的精灵，看到她身上环绕着如此可爱的光辉，仿佛没有任何力量可以伤害到她。羞怯的小鸟偎依在她的胸前，花朵在她的注视下开得更加鲜艳。她那些亲爱的朋友们都如同祈祷似的合着双手，含着喜悦的泪光向她露出微笑。

国王百感交集，他转过身来，面对着两座宫殿。小紫罗兰建造的宫殿，是如此奇妙而美丽，树木簌簌作响，天空静谧而晴朗，幸福的鸟儿和花朵们在她的悉心照料下全都显得生气勃勃；而他自己的宫殿，冰冷、阴暗而死寂，空空的花园里既没有花朵开放，也没有绿树生长，更没有鸟儿欢唱，凄凄惨惨，暗淡无光。当他望着这一切的时候，他的幽灵们全都脱下了黑色的斗篷，跪倒在他面前，恳求他不要再毁灭好心的精灵如此热爱的花朵。"我们一直忠心耿耿地侍奉您，"他们说道，"现在请您给我们自由，也好让我们去学习一下，怎么去爱护那些曾经被我们摧残的花儿。请您恩准小紫罗兰的恳求，让她回到自己可爱的家乡吧。她已经教会了我们，爱的力量要比恐惧强大得多。请您选择花朵王冠吧，我们依然是您忠心耿耿的仆人。"

终于，伴随着一阵热烈而甜美的欢歌，冰霜国王戴上了花朵王冠，并在小小的紫罗兰面前躬身行礼。这时，从四面八方、从辽阔的绿色大地上，传来了花朵盛开的声音。这声音，仿佛是在向善良的精灵道谢。夏日的风儿浸透了香气，成了替花朵传递快乐心情的信使。无论小紫罗兰走到哪里，苍劲的树木都会弯下腰来，用它们的柔枝拥抱她；花朵都会昂起它们幸福的脸庞，向她微笑，轻声地为她祝福。就连最不起眼的青苔，也聚集在她那小小的足尖下，在她走过的地方印下一串串亲吻。

冰霜国王被欢乐的精灵们簇拥着，端坐在小紫罗兰建造的殿堂中，眼看着他的冰霜城堡在明媚阳光的照射下渐渐消融。他的幽灵们都丢下寒冷和阴郁的外衣，和精灵们在一起翩翩起舞，热情洋溢地等待着主人的再次召唤。阳光越来越暖和，鸟儿越唱越欢快，从美丽的花丛间升起的和谐美妙的音乐传遍了整个大地，向所有花朵家族的同胞们送去这令人欢欣鼓舞的消息。

清风徐徐吹拂，

阳光渐渐明媚，

花儿的欢歌轻轻诉说着

小小紫罗兰的芳名。

在绿树间呢喃，
在水波中荡漾，
寻觅那幽居的花朵，
为她们也带去喜讯。

冰霜国王失去了魔力，
还有他那荒凉的国度；
紫罗兰征服了他冷酷的心，
从此他心中充满爱的声音。

曾经死寂的宫殿，
现在处处笑语欢声，
永不凋谢的花朵
绽满漫漫长夏的光明。

这就是紫罗兰的力量，
可以驱散所有阴影；
在幸福花朵的故乡，
金色光辉永照心灵。

精灵完成了她的使命，

花朵王国声声传颂：

只要懂得"爱的魔法"，

小小紫罗兰也能将春天唤醒。

当晴空讲完故事的时候，另一个小精灵银翼走上前来。下面就是银翼给大家讲的故事。

Chapter 02

伊娃漫游精灵王国

　　小小的伊娃躺在小溪旁芬芳的三叶草中间，注视着波光粼粼的水面。水波正从堤岸上垂下的花朵间流过，发出了阵阵的低吟。伊娃正为这水流奔向何方感到好奇，忽然，她听到一个微弱的声音，仿佛是从遥远的地方传来的音乐。她以为那是风声，可看不见一片叶子在颤动。没过一会儿，从波光粼粼的溪水中，漂过来一只奇妙的小船。

　　这是一朵幽谷百合。长长的花茎就是桅杆，宽阔的叶子从根部伸出，在水中半卷着，上面载满了翩翩起舞的小精灵，银色的百合花钟奏出欢快的乐曲，空气中飘来阵阵幽香。

　　这只精灵小船漂浮着，最后在一块长着青苔的石头边停了下来。小精灵们就在紫罗兰的花瓣底下休憩，轻轻地为跳舞的水花哼唱着歌曲。

　　伊娃惊奇地望着精灵们喜悦的脸庞和鲜艳的衣裳，她的心好像跟那快乐的歌声产生了共鸣。她丢了一些红通通的浆果给这些小家伙，希望她们用这些食物开个宴会。

　　精灵们和善地看着这个孩子，然后聚在一起，小声地商量了一会儿。接着，两个长着明亮眼睛的小精灵飞到波光粼粼的小溪上，轻轻地落在了三叶草丛中，温柔地说道："小姑娘，谢谢你善意的礼物。我们的女王要我们来问一下，你是不是愿意和我们一起去精灵王国，在那里学习一些你以前从不知道的东西？"

　　"我当然愿意和你们一起去，亲爱的小精灵，"伊娃说道，"可我没办法坐在你们的小船里。瞧！我可以用手心托住你。如果我和你们走在一起，一定会毁了你们小小的王国，我实在是太大了。"

　　小精灵们都快活地大笑起来，她们把手臂放在伊娃身上，说道："你真是一个好孩子，亲爱的伊娃，因为你害怕伤害比自己更弱小的人。放心，现在你不会伤到我们了。看看溪水吧，

瞧我们为你做了什么。"

伊娃向水中看去，只见一个小不点儿孩子正站在两个小精灵之间。"现在我可以和你们走了，"伊娃说，"可是瞧啊，这下我没办法从这边的堤岸到另一头去了。现在，小溪对我来说变成了大河，而我又不像你们那样会飞。"

两个小精灵一边一个拉住了她的手，轻松地飞过了溪谷。女王和她的臣民们都愉快地过来迎接这个小客人，她们把一个花冠戴在了伊娃的头上，还温和地冲她微笑。没过一会儿，这些可爱的精灵仿佛就成了伊娃最亲密无间的老朋友了。

"现在我们必须回家了，"女王说道，"而你，小家伙，将和我们一起走。"

接下来是好一阵忙碌，小精灵们扇动着发光的翅膀四下飞舞，她们有的给小船铺上紫罗兰花瓣衬垫，有的给精灵女王整理面纱和披风，以免冰凉的露水打在她身上。

清凉的溪水轻轻推起小船，百合花钟随风摇荡，发出了和谐的钟声，小小的伊娃很快就进入了梦乡。当她醒来的时候，她已经来到了精灵王国的国土上。她和精灵们一起轻轻地走进精灵王国。一抹粉红色的夕阳余晖正落在宫殿的白色石柱上，熟睡中的花朵姿态优美地倚靠在花茎上，在柔软的绿色床帘下做着香甜的梦。一切都如此清幽宁静，小精灵们悄无声息地向前滑翔，她们十分小心，生怕惊扰了这些花儿的好梦。她们带着伊娃来到一张铺满白色花瓣的小床边，一朵殷红的玫瑰在小床的上方低垂着香气四溢的花瓣。

"你可以欣赏这些漂亮的颜色，直到夜色降临。到那时，玫瑰花会唱着歌儿伴你入睡。"小精灵们说道。她们用柔软的花瓣盖在伊娃身上，然后轻轻地吻了吻她，悄然离开了。

伊娃久久地注视着那鲜艳的颜色，听着玫瑰的歌声。整个夜晚，在她梦中出现的都是美好的东西，它们像明亮的云朵一样，飘浮在她的脑海中。这时，玫瑰花朝她亲切地俯下身来，在洁白的月光中为她轻声歌唱。

当太阳再次升起时，精灵们带着伊娃，飞到了泉水旁边。清亮的水光中映满了这些小小的身影，她们银铃般快活的声音在空中回响。有些小精灵在洁白的百合花和蓝色的波浪间嬉戏，另一些则坐在绿色的苔藓上梳理着秀发，互相佩戴挂着露珠的花冠。最后，精灵女王走来了，她的臣民们都聚拢在她的身边。顿时，花朵垂下了头，树木停止了喧哗，所有的精灵齐声唱起了赞美自然之父的晨歌，因为正是他为精灵们创造了这样美好的世界。

接着，她们就向花园飞去。不一会儿，小精灵们的餐桌在高高的树顶上，在宽大的绿叶下摆开了。她们分成几个小圈坐着，共进浆果和新鲜露水做的早餐。有时，会有几只胆大的小鸟飞过来，和她们一起分享熟透了的浆果。这些调皮的小家伙把尖尖的小嘴巴伸进精灵们小小的花杯中喝水。小精灵们友好地抚摸着小鸟软软的羽毛，为它们唱起了欢快的歌。

"现在，小伊娃，"她们说道，"你应该明白了，小精灵并不是传说中又傻又坏的妖精。来吧，来看看我们平时都在做些什么。"

她们把伊娃带到一间可爱的小房间，阳光静静地照耀在那些用翠绿叶片编织的墙壁上。房间里躺着受了伤的小昆虫、被残忍的猎人射伤了的小动物，还有一些虚弱苍白的花朵。它们被药草坛子围绕着，这些药草散发着一股淡淡的甜蜜的香气。

伊娃对眼前的一切感到十分好奇，不过她还是静悄悄地跟在精灵向导小玫瑰瓣的身后。小玫瑰瓣走到这些病弱的花儿身边，用温柔的话语安慰花儿，在花儿纤细的根茎上洒几滴露珠。她还不时地微笑着，好让花儿快乐起来。

接着，小玫瑰瓣又来到昆虫们的身边。首先得到她问候的，是一只躺在花瓣摇篮里的小飞蝇。

"你好点了吗，亲爱的纱翼？"小玫瑰瓣问道，"我要包扎一下你可怜的小腿，西风婶婶会哄你睡觉的。"说完，她轻轻地用新鲜的叶片为这只可怜的飞蝇包扎伤口，擦洗翅膀，又取来清凉的饮料。小飞蝇则嗡嗡地向小精灵表示谢意，并在西风轻柔的歌声中，全然忘记了自己的痛苦。

她们一路走去。伊娃看到，在每张床边都守候着一个小精灵。

她们用爱抚和温情的话语安慰着那些受伤的昆虫。最后，小玫瑰瓣带着伊娃在一只小蜜蜂的身边停了下来。

小蜜蜂躺在一个清净的角落，暖风徐徐吹过芬芳的金银花丛，绿叶沙沙作响。可他看上去却烦躁不安，一刻不停地抱怨着正在承受的痛苦。"哦，我要死在这儿啦，而我的哥们儿却正在美丽的田野上享受着阳光和新鲜空气。那只残忍的手为什么要把我丢进这又黑又苦的鬼地方啊？我做错什么啦？谁也不关心我，我就要在这些自私可怜的小东西中间被忘干净啦！嗨，到这儿来，玫瑰瓣，替我包扎一下伤口吧，我可比那些傻乎乎的小鸟和小飞蝇有用得多啦！"

小精灵一边为他擦洗折断的翅膀，一边说道：

"乐蓓，你不该这样嘟嘟囔囔的。即使受了伤，我们依然可以在安安静静地休息中找到乐趣。你没有被忘掉，只是还有其他的小动物比你更需要照料，而他们总能乐观地对待自己的倒霉事，让我们也能很快乐地帮助他们。就算是躺在又黑又苦的地方，你也不该这么自暴自弃，你可以试着让自己的心情开朗起来。只要心里装着耐性和爱，你就会发现，独自一人待着也并非糟糕透顶。看看你身边那张小床，那只小鸽子比你伤得重多了，我们尽了全力也不能减轻他的痛苦，可他在这里躺了许多天，从来也没有过半句怨言。哦，乐蓓，如果你向那只温柔的小鸟学习一下，就会变得比现在聪明可爱多了。"

这时，传来了一个虚弱的声音："小玫瑰瓣，请快过来一下。我怕是没时间再对你说声谢谢了。"

她们赶紧来到乐蓓旁边的小床前。小鸽子躺在柔软的绒毛上面，正用温柔的眼睛看着小精灵。小精灵蹲在小床旁边，抚摸着小鸽子洁白的羽毛，一边听着他发出咕咕的感谢声，一边不住地掉眼泪。

"亲爱的小精灵，我闻到了最可爱的花朵吐露的芳香。我躺在带露的绿叶丛中，温柔的小手抚摸着我，善良的朋友们爱抚着我。为了这一切，我必须在临别的时候，向你说一声'谢谢'。"

忽然，小鸽子一直颤抖着的翅膀静止不动了，受了重伤的小鸽子就这样死了。小蜜蜂停止了嗡嗡的抱怨，从花瓣上滴下的露水像泪珠似的洒落在静寂的小床上。

悲伤的小玫瑰瓣带着伊娃离开了这里。她说："今晚，白羽毛会被安葬在最美的花丛下。在精灵王国里，仁慈和爱心要比黄金和美貌有价值多了。你很快就会明白这一点的。来吧，让我们到花朵宫殿去，看看精灵们的聚会吧。"

在绿色的拱门之下，水流潺潺，一片迷人的莺歌花影。小精灵领着伊娃来到一座高大的殿堂。纯洁的白百合铺就的屋顶下，挺立着由碧绿的古藤交织而成的巨柱，从茸茸的绿苔间摇曳而上的彩色花束，将明艳的影子投射在墙壁上。随着绿叶沙沙摇动，一阵阵甜美的音乐声在光影斑驳的空气里飘散开来。

伊娃站在女王宝座旁边，注视着身边美丽的小精灵们。她们分别站立在宝座两旁，不同的队列穿着不同颜色的衣裳。不过，每个小精灵都扇动着发光的翅膀，手中还拿着小小的花杖。

忽然，音乐声变得嘹亮起来。小精灵们一齐低下头来，躬身跪拜。原来是精灵女王从这群可爱的臣民中走了出来，欢迎女王的喜悦歌声在空中回荡着。

女王让小伊娃坐在自己身边，说道："小伊娃，你现在知道了，盛开在你家乡的花朵为什么会那样鲜艳动人了。有一队小小的园丁，每天都要从精灵王国飞出去，去照料和看护那些花儿们，让它们在绿叶构筑的小巢中不受任何伤害。小精灵做的这些好事，凡人的眼睛是看不见的。只有像你这样纯洁的眼睛，才能看见我们的秘密。即使是最小的花儿也能得到我们这些使者的问候，并因此吐露出不为人知的奇异芬芳。对于人类来说，这些花朵也并非毫无价值，因为最高贵的人总是可以从花朵那里学到美好的品德。那么现在，野蔷薇，能给我们说说你都为那些和你同名的花朵做了点什么吗？"

话音刚落，从握着粉红花杖的小精灵队伍中，走出一个拿着小坛子的精灵来。她站在女王面前回答道："在山岗和溪谷间，它们正在阳光和露水的滋润下快活地开放着。没有一根下垂的花茎，或是一片枯萎的叶子，让它们芬芳的心里掺杂一丝苦恼

的念头。因此，它们从自己最可爱的脸颊上，搜集了这些甜甜的露水，作为送给悉心照料它们的园丁的谢礼。还有，这是它们最可爱的姐妹，我把它带到这里，好让它和永不凋谢的精灵花朵们生长在一起。"野蔷薇把坛子放在女王面前，又把清香的蔷薇花种在了宝座下带露水的青苔中间。这时，从大殿上传来一阵赞许的声音。所有的小精灵都举起自己的花杖，向那位勤劳的小精灵频频挥舞。因为她通过自己不懈的工作，为女王带来了这样美好的礼物。

接着，又一个小精灵托着一朵枯萎的花儿走了上来。她七彩的衣裳和戴在头发间的紫色郁金香表明了她的名字和使命。

"亲爱的女王，"她悲伤地说道，"我真希望自己也能带给您一件美丽的礼物。可是，天哪！我照料的花儿们实在是太傲慢任性了！当我去收集几片小小的花瓣，用来制作宫廷彩衣时，它们竟然叫我带上这朵萎谢了的花朵，还叫我告诉您，它们要做所有花儿的女王，否则就再也不会为任何人奉献露珠和花蜜。说完，它们就合拢了花瓣，还把我赶了回来。"

"你的任务十分艰巨，"女王温和地说着，把枯萎的郁金香插在了野蔷薇带来的露水坛里，"你瞧，这些露水来自善良、清白的心灵，会给这朵可怜的小花带来新的生命和魅力。不过，亲爱的郁金香，你总是能把久已失落的纯洁和宁静注入自私、骄傲的心中。请立刻动身，到那些自负的花朵身边去吧。告诉它们，如果它们可以成为掌握自己心灵的女王，那么它们就再也不会思慕比善良的心地更辽阔的国土了；更加体贴地看护它们吧，让它们明白，自己从不缺乏露水和空气；更加亲切地跟它们说话，不要因为它们的无礼而生气。去用你的爱和耐心，让它们知道，自己可以变得多美。那么，你就一定不会空手而回了。"

就这样，精灵们一个接一个地上前述说自己所做的工作，并从女王那里领受温和的教诲和热情的赞扬。

"她们还要这么说上好长时间呢。"小玫瑰瓣对伊娃说道。

现在，让我们先去看看那些写在花瓣上的故事，再去学学鸟儿的语言吧。这些知识可以让小精灵变得更加聪明。

她们来到了一个非常明亮的地方。这里生长着一丛丛鲜花，小小的精灵孩子坐在花瓣上，正从花朵书本里学习小精灵应该知道的所有知识。一些孩子在学习观察嫩芽的方法，以便懂得嫩芽何时在阳光下舒展，何时在雨点中隐藏，怎样看护花种，在适当的时候让嫩芽安睡在沃土之中，或是让嫩芽乘着南风，飞到遥远的山岗和溪谷间——那里有一些小精灵正等待着呵护和照料它们，于是在每一个寂寞的角落里，都会生长出美丽而快乐的花朵。另一些孩子则在学习如何医治受伤的昆虫——这些病弱的小生灵，如果没有精灵们的帮助，一阵微风就会吹垮它们的身体，结束夏日里欢乐而短促的一生。还有一些孩子在背诵富于魔力的耳语，以便用来为迷茫和不幸的人类制造美好的梦境，唤醒善良和纯洁的年轻心灵，让罪恶的力量无法摧毁这些心灵的花朵。其他的精灵孩子则跟普通的人类小孩一样，正在朗读字母表。她们也要掌握人类的语言，这样才能跟人类交朋友啊。精灵喜爱的人不会受到任何邪恶力量的伤害，而这些人也总会在小精灵们遇到困难的时候帮助和保护她们。

精灵孩子们透过层层花瓣，好奇地看着伊娃。伊娃友好地朝这些小家伙点点头，然后开始倾听精灵老师讲课。几个小不点精灵站在一片宽大的叶子上，精灵老师则坐在一朵微微向孩子们倾斜的花朵上提问：

"小星星，如果一朵花萼里有九颗种子，被风吹走了五颗，那么还剩下几颗呢？"

"四颗。"小家伙回答。

"小蓓蕾，如果一朵报春花在一天中绽开了三片花瓣，第二天又绽开了四片，那么这朵盛开的花儿上一共有多少片可爱的花瓣？"

"七片。"小小的精灵快活地答道。

"小风铃草，如果一条春蚕每个小时可以纺织一码精灵衣料，那么一个白天能织出多长的衣料呢？"

"十二码。"精灵孩子说道。

"小樱草花，紫罗兰岛在什么地方？"

"在涟漪湖上。"

"小百合，玫瑰大陆有多大？"

"北边延伸到芳草谷，南边挨着晴波河，东边紧靠着朝颜山丘，西边通向傍晚时升起的水星。"

"好了，小家伙们，"老师说道，"你们可以去上美术课了。让我们的小客人看看，我们是如何修补被毁坏的花儿的。"

在一片片很大的白色花瓣上，小精灵们开始细心地调制各种柔和的颜色。她们用小小的画笔给银莲花的脸颊抹上红晕，勾描出紫罗兰深蓝色的眼睑，为金色报春花重新涂上光泽。

"你在这里已经待了很久了，"小玫瑰瓣说道，"还有许多东西要让你看呢，来吧，看看我们最喜欢做的事情。"

伊娃跟精灵孩子说了再见，和小玫瑰瓣急匆匆来到大门前。这里聚集着许多整装待发的小精灵，都身披黑色斗篷，这样凡人的眼睛就看不见她们了。她们带着伊娃飞了起来，越过了山丘和峡谷。有些精灵飞到了山间的村舍里，有些精灵飞到了海边的渔民中间，而小玫瑰瓣和其他精灵则飞向了喧闹的大都市。

伊娃心中暗暗好奇，不知道这些小精灵要在这么大的地方做些什么。不过，她很快就明白了。原来，精灵们纷纷飞到贫穷和不幸的人们中间，给病人和老人带去愉快的梦境，给孩子们送去富于爱与温情的幻想，给弱者以生存的勇气，给孤独者一份平静而喜悦的心情。

伊娃看到这一切，更加热爱这些善良的精灵了。她们远离自己幸福的家园，就是为了给陌生人带去一点安慰。而那些人却永远也不会知道，是谁的手臂拥抱和温暖过自己，又有怎样的一颗心让他们分享了自己的快乐和幸运的。

她们在都市中逗留了很久。伊娃在这次旅行中，又看到了很多新奇的人和事。当她请求疲倦的精灵们早些回家的时候，她们却还是继续向前飞行，并且说道："我们的工作还没有做完，难道我们可以丢下那些原本可以快乐起来的忧愁的心，还有那些原本可以明亮起来的黑屋子不管吗？我们必须再待一会儿，小伊娃，你会从中学到更多东西的。"

不久，她们飞进了一个阴暗、冷清的小房间。一个脸色苍白、目光忧伤的孩子正对着一朵枯萎的花默默地哭泣。

"唉，"孩子叹了一口气，"你是我唯一的朋友，我全心全意地爱着你。这些孤零零的日子，就因为有你，我才变得快乐起来。可是，你却走了。"

一缕淡淡的阳光悄然滑进这昏暗的房间，孩子小心翼翼地握着低垂的花茎，把它放在阳光下。

"你瞧，"精灵们对伊娃说道，"仅仅一朵纯朴的花儿，就可以让这个孩子在忧伤和不幸中保持自己的真心。对这朵花儿的爱，让她拥有了对抗诱惑和痛苦的力量，而她也终将懂得，如何用自己的欢乐去安慰其他悲伤和不幸的人。"

小精灵们在枯萎的花瓣中忙碌起来。她们给这朵花儿注入了新的生命力。在此后的许多日子里，孤单的孩子一边为不断生长的嫩芽浇水，一边深深地感激那位不知名的朋友，给她冷清的家送来这份珍贵的礼物。每当她闻到新生花蕾的香气时，心里就涌起一种甜美温柔的感觉，仿佛听到一个声音在向她诉说令人愉快的事情——这正是花朵教给她的语言。就这样，她在学会倾诉的同时也学会了倾听。

白天，幸福的念头包围着她。夜晚来临时，精灵们为她送去一个个美梦。她虽然成长在贫穷和忧伤的环境中，却保持了纯洁、耐心和富于孩子气的可爱面庞。每当看到这个无依无靠的孩子始终满怀信心地生活，犯过错误的人就感到自责，忧郁的人就乐观起来，脆弱和自私的人就会忘记那无名的恐惧。她的心中装满了对花朵的爱，使得她始终保持着纯洁和智慧。这朵人类的花儿，令每一个注视她的人都感到快乐。没多久，阴暗的房屋就因为大家的笑容而变得明亮起来。所有认识这个贫苦孩子的人，都从她身上学到了如何原谅那些伤害过自己的朋友，如何在平时所做的每一件好事中得到欢乐。

"我们的工作完成了。"精灵们小声说道。她们为这两朵盛开的花儿送去祝福，然后就起程飞向其他房屋。她们来到一个瞎眼老人的家。老人已经在孤寂的黑暗中无亲无故地生活了许多年，寂寞和悲伤让他的性格变得古怪而冷酷。没有一丝阳光能点燃这黯淡的双眼，更没有一句轻声地安慰，能缓解老人心中的痛苦。

就这样，他选择了离群索居，谁也不理，什么也不要。这种黑沉沉的日子一直持续到精灵们到来的一刻——她们为这死寂的房屋带来了一群无忧无虑的小孩。这些孩子围绕在老人身边，一张张年轻的面孔照亮了空荡荡的房间；他们清脆的声音，震动了老人死寂的心灵。老人不忍赶走这些可爱的小家伙，于是阳光悄悄地和小家伙们一起进了屋，老人心中阴暗的想法随风而散，他的世界又变得充满温暖和安宁。

这些小小的手臂拥抱着他，把他重新带回了幸福安宁的人间。他门前的花朵悄然开放了，那阵阵甜香让老人仿佛又看见了美丽的溪谷和翠绿的山岗；鸟儿也回来了，它们可爱的鸣唱好像就是老人心中涌出的乐章。他冷清的家里又传出了笑声，孩子们的小脸围绕在老人的身旁，静静地聆听他尽力回忆起的那些善良人的故事。

接下来，精灵们又飞入了阴森森的监狱。在那些失去自由的孤独者耳边，她们轻轻述说着动听的故事，哼唱着欢快的歌谣，用她们温和的方式在这些悲哀的心灵里播撒下一颗颗希望的种子；并且告诉他们，通过不懈的努力，他们仍然可以找回被自己弄丢了的清白和幸福。

就这样，精灵们为所有需要帮助和安慰的人们送去了礼物。终于，她们再次起程，返回自己的精灵王国。

她们飞过夏日的天空，越过一片片鲜花怒放的土地，回到了自己的家园。这些经过长途旅行的精灵，因为自己做了那么多好事，都比出门的时候更加快乐了。

整个精灵王国似乎披着一件缀满花朵的外衣，柔和的风唱着歌掠过这里，又满载着花香归去。空中传来了一阵阵优美的音乐，一队队小精灵穿着最华丽的长袍向宫殿赶去——那里正在举行宫廷宴会。

不一会儿，明亮的大厅里处处都是微笑的面孔和可爱的身影。站在女王身边的小伊娃，觉得自己从来没有看到过这样令人愉快的场面。

纯白的墙上，舞动着花儿五彩斑斓的影子；喷泉在阳光下闪耀，随着清凉的水波一起一伏，奏出了美妙旋律；笑语盈盈的精灵们，忽闪着翅膀飘来荡去，为宴席送上水果和蜂蜜，还有一串串美丽的花环。

她们慢慢地品尝着，欢快地唱着歌。身处其中的伊娃也情不自禁地走到她们中间跳起舞来。她多么希望自己也能变成一个小精灵啊，这样她就可以永远住在这样一个幸福的大家庭里了！

一曲终了，女王伸出手，一边抚摸着伊娃的秀发，一边说道："亲爱的孩子，明天我们就必须送你回家了。我们不能留你在这里住得太久，这会让你人间的朋友担心和悲伤。所以，我们要把你送回那条小溪边，在那里跟你道别。哦，不要哭，亲爱的玫瑰瓣，你来负责看护小伊娃家的花儿吧。当她看到这些花儿的时候，就会想起你的。现在去吧，带伊娃去参观精灵花园，给她展示一下我们心中最美的景象。哦，不要再哭了，尽力让她和我们在一起的最后几个小时能过得快快乐乐。"

所有可爱的小精灵都聚拢到伊娃的身边，温柔地和她说话，并爱抚着她。小玫瑰瓣一直陪伴在伊娃身边。在精灵们的带领下，伊娃穿过了宫殿，又走过一条又一条曲曲弯弯的绿色小径。忽然，她眼前出现了一面花朵组成的墙壁，一阵浓郁的香气，伴随着从花蕾后面传出的轻柔而甜蜜的歌声，在空气里弥漫开来。

"这是什么地方？那奇妙的声音是从哪儿来的？"伊娃问道。

"到这儿来看看，你就会明白的。"玫瑰瓣俯身贴着花藤说道，"你必须保持安静，不然就什么也看不到了。"

伊娃透过那低垂的藤蔓望去，只见一个最可爱的花园展现在她眼前。花园里面开满了整个精灵王国里所能见到的最美的花儿：玫瑰上燃烧着无比殷红的色泽，娇嫩的百合花瓣纯洁无瑕，番红花和报春花盛开得像阳光一样亮闪闪、金灿灿的，紫罗兰露出仿佛晴空般的一片蔚蓝。

"太美了！"伊娃轻轻地叹息道，"可是，亲爱的玫瑰瓣，你们为什么要把这些花种在这里？为什么把它叫作你们心中'最美的景象'？"

"再看一会儿，我会告诉你的。"玫瑰瓣回答。

刹那间，伊娃惊讶地看到从每一朵花的花芯里都飞出了一个小小的身影，欢快地迎向了精灵们。除了小玫瑰瓣，其他的精灵都已飞过高墙，正往那些明艳的花瓣上抛洒露珠。那些从花芯里飞出来的小家伙都围绕在精灵们身边，和她们快活地说着话。看上去，她们十分欢迎精灵们的到来呢。这些娇巧玲珑的小家伙都穿着和自己所栖息的花朵一样颜色的衣裳，一头秀发闪烁着绸缎般的光泽，面容全都那么温柔可爱，悦耳的声音轻声呢喃着，精致的翅膀沙沙作响。伊娃不由得发起愣来，差点忘记了自己还不知道她们是谁呢。这时，玫瑰瓣开口说道：

"这些都是花神。这里就是为大地上那些纯洁美好的花朵们准备的永生花园。在这儿，她们的美丽永远不会褪色。即使是最渺小的花儿，也能在这个花园里找到一个位置。因为在我们精灵王国，外表的美并不重要，只有善良的品德才最有价值。你看见和我的姐姐月光一起唱歌的小花神了吗？那簇三叶草花就是她的家，生长在默默无闻的角落里，虽然没人爱她，但她却生活得知足而快乐。我们看着她一天比一天变得美丽起来，就高兴地把她带到了这儿，让她在百合与玫瑰之间盛开。花朵的生命常常是短暂的，因为人类的手会毁了它们。这也是我们把花儿带到这里来的缘故。在这里，它们再也不会被粗心的脚步践踏，或是在冬天的寒风中凋零。我们照顾这些花朵，而它们则用最甜美的香气作为对我们的报答。”

“我再也不会折断任何一朵花了！”伊娃叫起来，“请让我去看看吧，亲爱的精灵，我很想认识这些可爱的花神，并为我以前对花朵们的伤害说一声抱歉。我可以进去吗？”

“不行，亲爱的伊娃，凡人的孩子是不能进入这个花园的。不过，我会告诉那些花神，一个善良的小女孩已经懂得了如何去爱她们。这样，即使你走了，她们也还会想起你的。来吧，你已经看到了很多东西，现在我们必须离开了。”

一片浅红的朝霞上，可爱的精灵们围成一圈，载着伊娃穿过晴朗的天空。清风徐徐，送她们前行。不一会儿，她们就又站在了小溪旁，明澈的溪水仿佛欢迎她们似的翻起了洁白的浪花。

“好了，在我们道别以前，”当精灵们都聚在孩子身边时，女王说道，"告诉我，亲爱的伊娃，在精灵王国中你最爱什么，我可以把它作为礼物送给你。"

"我最爱……你们这些善良的小精灵。"伊娃说着，将精灵们都抱在了自己的怀里——因为她已经不再是站在精灵王国里的那个小不点了，"亲爱的小精灵们，我怎么能向你们——给了我那么多快乐、教会了我那么多事情的朋友们，要求更多的东西呢？这永远不会消失的回忆就是最好的礼物。如果我还可以要求，我只想要两种力量，可以让我和你们一样纯洁、善良，可以去关心弱者和不幸的人，可以让我永不疲倦地去为别人做好事。如果我可以得到这个礼物的话，你们会看到，小伊娃并没有忘了她在精灵王国学到的东西。"

"你会得到这种力量的。"精灵们把柔软的小手放在伊娃的额头上，"我们会到你的梦里看望你的。如果你想得到我们的消息，就去问问你家院子里的花朵们，它们会告诉你一切的。再见吧，记住精灵王国，记住所有爱你的朋友。"

精灵们温柔地拥抱伊娃，小玫瑰瓣把一个花环扣在她的头上，轻轻地说道："你什么时候想来看望我们了，就站在这条小溪边，向空中挥舞一下这个花环，我们一定会高兴地来接你到家园中做客的。再见了，亲爱的伊娃，当你置身花丛的时候，想一想你的小玫瑰瓣。"

伊娃久久地注视着她们闪动的翅膀，聆听着她们飞向家园时飘扬的歌声。终于，最后一个小小的背影也消失在了云层之中。这时，她才发现，精灵们刚才环绕着她站立过的地方，已经长出了美丽的花儿，冷清的小溪在鲜花的怀抱中欢畅地流淌着。

头戴花环的伊娃静静站立在轻轻摇曳的花丛中。她的小小心灵，因为这一次精灵王国之旅变得更充实，也更明白事理了。她觉得非常幸福。

Chapter 03

花朵的启示

"好了，亮星，现在你打算给我们讲点什么呢？"女王问道。

"哦，我只会唱一支从风铃草那儿听来的小曲。"小精灵回答。于是，她拨起了竖琴，用轻柔的嗓音唱起来——

一棵芬芳玫瑰树，长在清澈小溪旁，

树上两颗小蓓蕾，伴着她们的花妈妈。

太阳钻进了西边的大床，

小蓓蕾靠着妈妈的胸膛。

星星睁开了明亮的眼睛，

溪谷里的野花轻轻摇晃，

在绿色摇篮里互诉衷肠。

两颗蓓蕾依偎在妈妈身边，

诉说心中美丽的梦想：

"哦，妈妈，"小蓓蕾盯着天空嚷，

"我多希望，当露珠精灵经过我身旁，

能给我带来一颗星星，她们总是那样明亮，

而老天爷不需要那么多灯光。

精灵们每天为我带来闪烁的露珠，

不一会儿，就溜出了我的心房。

可一颗星星会在整个夏季闪亮，

她会让我比所有的姐妹更漂亮。

她可要比露珠好多了，她们只会

到处留下亲吻，对所有花儿都一样。

我将沐浴着明媚的星光，变得美丽又大方，

女王般的光华，会印在我深红色的裙裾上。"

说着说着，她不禁骄傲地喊道："既然星星

没有降临，就让萤火虫做我的胸针！"

一滴小小的露水在溪谷上眨着眼睛，

这时落到她胸前，就像一颗流星。

可她立刻抖动花瓣，把流星赶到一旁，

小露珠像一滴眼泪，落在花妈妈的身上。

小蓓蕾又任性地合拢了自己的花瓣，

将一只萤火虫关进了她的心房。

"嘿，"妈妈开口说道，"我的孩子，

为什么你要强求不属于你的美丽？

自然父亲给了你现在的样子，

一颗清香的心才会叫他欢喜。

你为什么偏偏要满脸怨气

对他的礼物这样不中意？

清凉的露水带给你的东西，

要比闪亮的星星更可爱、甜蜜。

她们是为天空微笑，而从来不会

像你花瓣中的萤火虫那样炫耀自己。

我傻乎乎的小蓓蕾呀，请听妈妈说句话，

要珍惜真实的美丽，不要在意缥缈的东西，

狭隘的心灵会充满悲伤和忧虑。

我的孩子，展开花瓣吧，放那只小飞虫离去。"

可骄傲的小蓓蕾却什么也听不进，

反而把萤火虫握得更紧，

最后，因为这只小虫挣扎不停，

她那紫绿色的外衣被捅破了，露出了赤裸

的花心。

当太阳再次升起，小蓓蕾是多么悲伤，

看，她的姐姐已经带露绽放，

而她，曾经和所有的花儿一样漂亮，

现在却只能带着受伤的心躲在一旁。

阳光越来越明亮，夏季的温暖天空上

回荡着花朵们的声声歌唱。

受伤的小蓓蕾却干渴而虚弱，

徒劳地渴望着露水的清凉。

终于，她不禁在姐姐身边失声痛哭，

把任性和骄傲都丢在了一旁。

花朵妈妈让这虚弱的小脑袋

靠在她的胸膛上，然后温柔地说道：

"你已经得到了教训，我的孩子，

不管发生什么事情，

骄傲和任性都不会给你带来好运。

自然父亲送给你雨露阳光，

让小小的花朵也能绽放出完美的形状。

甜甜的露水把你滋润，轻轻的和风为你歌唱，

大地是一个可爱的家园，你就住在这个地方。

难道我们不该感激这美好的世界，

反而总要竭力证明自己最了不起？

努力吧，我的小花朵，要学会谦虚，

保持外表和内心的纯洁，你会快乐无比。

当宁静的秋天拂过你芬芳的一生，

你就可以去精灵们的永生花园里栖息。"

于是，小蓓蕾静静靠在妈妈怀里，

露珠轻轻滑过她憔悴的脸庞，

幸福的泪水串串落下，小小生命变得更加坚强。

露水静悄悄地帮助小蓓蕾成长，

玫瑰妈妈带着母亲的骄傲

看着自己美丽的孩子，在她身边朵朵绽放。

夜幕再次降临，萤火虫点点闪亮，

小蓓蕾吸吮着露水，平静地看着它们飞翔。

静寂的夜空，投射下柔和的星光，

照耀着幸福的小花朵，她已经和从前不一样。

亮星一曲唱罢，喜爱音乐的小精灵们全都鼓起掌来。女王带着温柔的微笑，将一顶花冠戴在亮星的头上，说道：

"小蓓蕾的故事让我们警醒：虚荣是多么的可悲，而虚心却可以让花朵和精灵都得到真正的幸福。微风，下一个该你讲了。"

于是，一个正在摇曳的葡萄叶上荡秋千的小精灵，讲起了她的故事——

"当我躺在一朵开放在小溪旁的报春花芯里休息的时候，一阵玩得倦了的小风告诉了我这个故事。"

Chapter 04

小蓟绒和小百合

很久很久以前，有两个小精灵——小蓟绒和小百合来到广阔的世界，开始了一番冒险。

小蓟绒是个既漂亮又威风的精灵，总是神气地扬着一对翅膀。他身穿紫色披风、绿色背心，上面用最明亮的丝线绣着花，装饰帽子的羽毛都是从华丽的蝴蝶翅膀上采集来的。

可他在精灵王国里并不受欢迎，因为跟那同名的花儿一样，虽然看起来很漂亮，却有许多残酷和自私的尖刺隐藏在那件可爱的披风底下。许多温柔的花儿、天真的鸟儿，都被他害得丢了性命，因为他只顾自己高兴，只要是他喜欢的，就一定要拿到手，根本不管自己伤了多少可爱的生灵，毁了多少宁静的小巢。

这就是小蓟绒。可他的朋友小百合就和他截然不同。小百合善良、可爱，富有同情心，不论在哪儿，只要她温柔的脸庞一出现，那里就会响起快乐和感激的声音。几乎所有受过伤的花儿和昆虫都感激这个呵护它们的小精灵，而整个精灵王国的居民也都把她看作好朋友。

这一切并没有使她飘飘然，变得目中无人。她依然不声不响地和大家待在一起，尽力寻找着帮助别人的机会。她收养了许多被小蓟绒害得无家可归的小鸟和小虫，也没有什么坏人可以伤害到她。要知道，总是有那么多朋友围在她周围，时刻关心和保护着这个温柔善良的女孩子。

她之所以离开精灵王国，完全是为了帮助她任性的伙伴小蓟绒。小蓟绒对平静的生活感到很厌烦，执意要去外面的世界闯荡一番，而小百合却担心他会在外面遇上麻烦，因为不是所有的人都会像精灵一样，容忍和原谅他的坏脾气。所以，这个好心肠的小精灵就离开了家园，离开了朋友们，和小蓟绒一起上了路。就这样，他们肩并着肩，飞行在夏日明媚的天空底下。

他们越过了山丘和溪谷，一路追逐着美丽的蝴蝶，倾听着蜜蜂哼唱的小调。这些蜜蜂就像忙碌的小主妇，一边工作一边唱歌，从一朵花飞向另一朵花。最后，他们来到了一个十分舒适的花园里，那儿长满了翠绿的古树和鲜艳的花朵。

"瞧，"小蓟绒喊道，"这儿的房子多可爱啊！让我们到清凉的叶子底下歇会儿吧，再听听花儿唱歌。我可真是累坏了，

而且也饿了。"

他们飞进了安静的花园里。和风拥抱着他们，花朵在枝条上向他们轻轻点头，还伸出闪亮的叶片供他们休息，涌出香甜的蜜汁给他们解渴。

"哦，亲爱的蓟，你可别伤害这些友好的花儿。"小百合说道，"瞧！它们那么温柔地垂下自己的花瓣，给我们送来了蜜露。要是你再狠心地伤害它们，就太不对了。就算是为了我，你也得对它们好一点儿，亲爱的蓟。"

小百合沿着花丛走过去，每一朵花儿都在她面前优雅地弯下腰来，用柔软的花瓣贴着她的小脸蛋，让她知道，接待她这样一位可爱的客人，为疲倦的她送上香甜的蜜露，是一件多么令人开心的事。小百合坐在芬芳的花瓣之间，微笑地凝望着那些幸福的蓓蕾。这时，花儿们就用轻柔的嗓音，为她唱起歌来，伴她入睡。

小百合在玫瑰花里进入了梦乡，小蓟绒则在花园里四处游荡。他先是抢走了蜜蜂刚刚采来的蜜糖，接着又使劲地摇晃起那些小小的花朵，把用来滋润嫩芽的露水都占为己有。后来，他又去追逐那些翅膀闪闪发光的小飞虫，还把一根尖刺当作宝剑戳伤了小飞虫。他打破了亮晶晶的蛛网，把鸟儿弄得一瘸一拐的。不一会儿，凡是他到过的地方，都横七竖八地躺满了受伤的昆虫和凋零的花朵。风儿立刻把这一切传遍了整个花园，一时间所有的鸟儿和花朵都像看到瘟神似的躲着他。鸟儿纷纷飞散，花儿合上了花瓣，生怕小蓟绒会伤害自己。

　　小蓟绒就这么四处游荡着，在自己身后留下一路的伤痕和呻吟。最后，他来到了小百合躺着的玫瑰丛下。他玩了那么多残忍的游戏，觉得有些累了，就在一棵美丽的玫瑰下坐下来。枝条上除了一朵盛开的玫瑰花，还有一颗柔弱的玫瑰花蕾含苞欲放。

　　"你为什么还不开花啊，小不点儿？你在这个绿色摇篮里都快变成老太婆了。你的姐妹们都把你忘一边了吧？"小蓟绒懒洋洋地躺在绿荫下，对小蓓蕾说道。

　　"我的小蓓蕾还不够强壮，也不能开放呢。"玫瑰花疼爱地朝小蓓蕾俯下身，回答道，"要是她现在就开花，阳光和雨水会让她娇嫩的身体变形的。不过用不了多久，她就能适应这一切了。现在她很愿意和妈妈在一起，等待自己长大的一天。"

"傻花儿，"小蓟绒说，"我要让你瞧瞧怎么才能开得更快！你的等待根本就没有用。"他一边说着，一边粗鲁地掰开了那些合在一起的花瓣，让它们完全暴露在阳光和空气中，根本不理会玫瑰妈妈的苦苦哀求。

"这是我第一个，也是我仅有的一个孩子！"玫瑰妈妈恳求道，"我一直细心地照顾她，只想要她快些在我身边长大。可现在，你把一切都毁了。你怎么能伤害这么脆弱的小东西？你就不为自己做的坏事感到难过吗？"说着，泪水就像夏日的阵雨一样落了下来。玫瑰妈妈悲伤地向小蓓蕾垂下叶片，心碎地看着自己的孩子在太阳底下渐渐枯萎。可小蓟绒却对自己所制造的痛苦全不在意，他拍拍翅膀，若无其事地飞走了。

天色很快变得阴暗了，大滴大滴的雨点落了下来。小蓟绒赶紧飞向百合花，因为百合花的花萼很深，白色的花瓣就像床上的帘幄，香气四溢的。小蓟绒是个很挑剔的小精灵，要是躺在野苜蓿和鲜亮的毛茛花里，根本就睡不着。小蓟绒命令百合张开花瓣让他进去，可百合花连忙把自己那苍白、柔弱的脸庞扭向了一边，伤心地说道："我有许多姐妹都被你伤害过，我不能让你进来。"

小蓟绒很生气，转身来到一大丛玫瑰下寻找避雨的地方。可玫瑰们个个都竖起尖尖的刺，仰着气红了的脸颊，叫他快滚开，要不然就得为自己所做的坏事付出一点儿代价了。

小蓟绒本想留下来让那些花儿尝点苦头。可这时雨下得更急了，他只得匆匆离去，一边走一边嘟囔着："郁金香会让我进去的，我对它们说过不少漂亮话，它们都是些又虚荣又愚蠢的花儿。"

小蓟绒拖着又湿又冷的身子来到郁金香面前，要求在郁金香们厚厚的花瓣下面躲一会儿雨。花朵们听了，立刻哄笑不止，尖刻地说道："我们可知道你是个什么样的家伙，才不会让你进来呢。你这个骗子、坏蛋，只会伤我们的心。就算你换下这身湿漉漉的衣服，再穿上另外一件披风来找我们也没用。快离开这里，不然我们可就对你不客气了。"

郁金香们说着，猛地挥动起宽大的叶片，把沉甸甸的雨点溅落在小精灵已经湿透了的外衣上面。

"现在我只好去找那些小雏菊和紫罗兰了，"小蓟绒说道，"能接待我这么漂亮的精灵，它们高兴还来不及呢。这冰冷的风雨让我快撑不住了。"

于是他扇动自己那对沉重的翅膀飞了起来，能飞多快就飞多快地径直飞向雏菊。可是，雏菊们却机灵地晃着脑袋，把花瓣含得更紧了，并刻薄地说道："爱上哪儿就上哪儿去，别指望我们给你打开门窗，把我们的花籽都淋在雨里。别妄想我们还会给你一个机会，利用我们的喜欢和信任，对我们做那些残忍的事情啦！你在这儿是找不到避难所的，想想你那双没轻没重的手是怎么对待我们的朋友小紫罗兰的吧。她那颗真诚的心，就在胸膛里被你碾成了碎片。你已经叫我们够恼火的了，坏精灵，走开，别叫我们看见你！"

"啊！"小蓟绒打着哆嗦喊道，"我到哪儿才能找到个躲雨的地方？我还是去找小紫罗兰吧，小紫罗兰会原谅我，让我进去的。"

雏菊们的确没有夸大其词，那朵温柔的紫罗兰真的死了。那些蓝眼睛的伙伴们正围着凋零的花儿，伤心地哭泣着。

"现在我真的一个朋友也没了。"可怜的小蓟绒叹息道，"看来这一回我非冻死不可了。唉，要是我早听小百合的话就好了，也许这会儿我已经躺在一朵花里做美梦了。"

"除了百合与紫罗兰，别的花儿也是懂得原谅和爱的。"一个微弱而甜美的声音说道，"我已经没有小蓓蕾可保护了，你就躲到我这儿来吧。"是玫瑰妈妈在说话。曾经闪光的叶片已经变得苍白，修长的花茎也弯曲了下来。既羞愧又悲伤的小蓟绒吃惊地望着这朵宽厚的花儿，慢慢地把疲惫的头靠在了这个被他伤害过的胸膛上，一圈芬芳的花瓣立刻细心地盖在了他身上。

可小蓟绒却没有得到一刻安宁。虽然玫瑰花尽力地安慰他，可当他刚要睡着的时候，对死去的小蓓蕾的回忆就悄悄溜进了玫瑰妈妈的心房。这颗心在小精灵躺着的地方悲痛地跳动着，小蓟绒根本就睡不着。那些因为他的缘故而流出的泪水落在他身上，比外面的雨水还要冰冷。这时，他听见另一些花儿正在议论他做过的那些坏事。许多花儿都不明白，为什么受害最深的玫瑰花竟能原谅和包容他这个坏精灵。

"我绝不会原谅一个夺走我孩子的人。我可以垂下头，甚至死掉，也绝不会给一个毁了一切的家伙提供半点幸福。"风信子说着，宠爱地朝着身边的小风信子弯下腰去。

"亲爱的紫罗兰绝不会是离我们而去的最后一个伙伴，"小木樨草抽泣着说，"玫瑰妈妈也会和她的小蓓蕾一样枯萎的。到那时，我们就会失去最温柔的老师，而她教给我们的最后一课，就是宽恕。为了她，也为了那位可爱的客人小百合，就让我们表现出一点友爱，不要再去责怪那个给我们带来痛苦的精灵了吧。"

所有的抱怨忽然都停止了。这以后的整个长夜，除了雨点的滴答声和玫瑰的轻叹声，再也听不见别的声响了。

很快，太阳升起来了，小百合到处寻找小蓟绒。可小蓟绒因为羞愧，已经悄悄地走了。

花儿们把自己的遭遇告诉了好心的小百合。她为自己朋友造成的不幸，难过地哭了起来。她尽力安慰那些悲痛的小生灵，细心医治那些受伤的鸟儿，照看那些被折损的花儿，每天都带来露水和阳光，让这些小生灵重新恢复生机。就这样，没过多久，玫瑰妈妈的胸口终于又有了许多新的小蓓蕾，小百合和花朵姐妹们的爱让玫瑰妈妈心头的创伤渐渐愈合了。

终于，鸟儿、蜜蜂、花朵重新变得美丽和健壮起来，善良的小精灵和大家道别，飞去寻找自己的伙伴了。

这时候，小蓟绒正翻山越岭，继续前进。这段时间里，他倒是对其他小生灵和善多了，只是他非常想念自己那位温柔的朋友。不过他实在太自负了，根本就没法当着朋友的面承认自己的错误，所以他只得继续往前走，希望有一天小百合能找到他。

一个白天，他睡着了。等他醒来时，太阳已经落山了，露水也开始下坠了。花儿们都合拢了花瓣，他又没有地方可去了。这时，一只友好的小蜜蜂满载着蜜糖飞了过来，邀请疲惫的小精灵和他一起回家。

"帮我把这些蜜糖运回家吧，你今天晚上可以和我们住在一起。"小蜜蜂亲切地说道。

小蓟绒高兴地和他一起上了路。不一会儿，他们就来到了一个可爱的花园。在园中最美丽的花丛中间，繁花累累的大树上，悬挂着一个被葡萄藤覆盖着的蜂巢。萤火虫停在门口为他们照亮。小精灵一边和小蜜蜂往里飞，一边想，能生活在这样一个可爱的地方该有多美啊。蜂蜡地板就像纯白的大理石一样，排列整齐的蜂房里储藏着丰富的金色蜜糖，空气中弥漫着阵阵花香。

"今天晚上不能带你去见我们的女王了。"小蜜蜂说道,"不过,我会找张小床让你睡觉。"

他领着困倦的小精灵来到一个小房间里,在一个花瓣铺就的床上,小蓟绒收拢起翅膀,很快就进入了梦乡。

清晨第一缕光线悄悄滑入这个房间,在一阵悦耳的音乐声中,小蓟绒醒了过来。原来这音乐是蜜蜂们在唱歌:

> "醒来!醒来!去看金色的阳光
>
> 最初一瞬的闪亮,
>
> 在浮泛的水波上,随着清澈的小溪
>
> 在花茎下流淌。
>
> 醒来!醒来!去听林鸟的晨曲
>
> 那轻柔甜美的声音,
>
> 在芬芳的空气里飘扬,
>
> 穿过幽静的树林。
>
> 伸展开所有的翅膀,
>
> 工作,歌唱,
>
> 度过悠长、明媚的时光。
>
> 在可爱的大地上
>
> 我们奔向前方,

在花丛里开始一天的新希望。

醒来！醒来！去触摸盛开的花儿下面

隐藏着的夏日微风，

让紫罗兰睁开温柔的蓝眼睛，

把睡梦中的玫瑰唤醒。

她们在纤细的花茎上轻轻摇摆，

柔柔、香香、甜甜，

静静等待着，我们一路踏歌而来

把美妙的蜜露采。

伸展开所有的翅膀，

工作，歌唱，

度过悠长、明媚的时光。

在可爱的大地上

我们奔向前方，

在花丛里开始一天的新希望！"

不一会儿，那位小蜜蜂朋友——灵翼就来叫小蓟绒起床了，因为女王想要见他。小蓟绒拍了拍优雅的紫色披风，把帽子恭敬地拿在手中，和灵翼一起前往王宫。王宫里，女王正被一群小蜜蜂侍从簇拥着，有的为她送上新鲜的露水和蜂蜜，有的用花瓣扇为她扇风，而另一些正往空气里喷洒清新怡人的香水。

"小精灵，"女王说道，"欢迎你来到我的官殿。如果你能留在这里，我们会很高兴的。不过，你必须守规矩才行。我们不会把整个夏日的愉快时光浪费在睡懒觉和东游西荡上，在这里，每个生灵都要为自己的幸福快乐付出劳动。我们用勤奋的工作建造了美丽的房子，我们生活在一起，就像一个亲密无间的大家庭。只要大家都听我的话，就不会有忧愁、烦恼或是争吵。要是你愿意留下来和我们住在一起，我们会教给你许多东西。秩序、耐心、勤劳，还有谁能做得比我们更好呢？

"我们的规矩很简单。你每天要采集自己的那一份蜜糖，要让你的小房间保持清洁芳香。你要和太阳一道起床，一起睡下。你在工作时不要伤害花朵，只取需要的蜜露，不要多拿。要知道，正是这些好心的花儿给了我们食物。如果我们不知道回报一点温柔和感激，那就太无情无义了。现在，你是不是愿意和我们在一起，揭开劳动带来真正幸福的秘密呢？要知道，甚至连人类都想知道这秘密呢。"

小蓟绒回答说，他愿意留下和蜜蜂们生活在一起。因为他已经有些厌烦独自一人流浪的日子了，他想住在这儿，直到小百合来找他，或者直到这些好心肠的蜜蜂让他感到厌倦为止。就这样，蜜蜂们帮他脱去华丽的外套，给他穿上装饰着金色饰带的黑丝绒外套。

"现在跟我们走吧。"蜜蜂们说道。他们一同飞向了绿色

的原野，在带露的花丛中采集早餐。直到太阳落山，他们都在
蓓蕾和鲜花中穿梭不停，一路哼唱着歌曲。有一小会儿，小蓟
绒甚至觉得这工作比摘花惹虫还要快活些呢。

可他很快就对日复一日在太阳下劳动感到厌烦起来，又开
始向往自由自在游荡四方的日子了。他在那些勤劳的蜜蜂中间
找不到什么乐趣。后来，他就叹着气和那些无所事事的蝴蝶朋
友一起溜走了。就这样，当别人工作的时候，他却在睡觉或是
玩游戏；再接下来，他又为了匆忙地采集到自己的那份蜜露，
而伤害了许多花儿，把花儿们掠夺得一无所有。这还不算完，
他每天都给工蜂讲他从前的那些冒险故事，把工蜂们弄得个个
心神不宁、头脑发热，甚至连以前那些只想得到女王夸奖，并
把这当作最大幸福的好工蜂，也开始顶撞女王，不遵守命令了。

女王忍受着这些恶意的话语和行为，忍了很久很久。终于，
她发现这个平静国度里的一切麻烦，都是那个不知感激的小精
灵惹出来的。于是，她开始尽力用温柔和宽厚的言语来劝小蓟

绒。可小蓟绒根本就不听，还继续在这些帮助过自己的朋友中间惹是生非。

最后，女王明白自己无法用善意的话语打动这颗冷酷的心。她只得说道："小蓟绒，我们让你——一个无依无靠的陌生来客，加入了我们的家庭，给你食物和衣服，尽量让你觉得像在自己家里一样快乐。作为对我们关心你的回报，你却给我的臣民带来了不满和烦恼，给我带来了忧虑和痛苦。我不能让一个和平的国度，因为你而变得一片混乱。所以，走吧，去给自己另找一个家吧。你可以找到另一些朋友，可没有谁会像我们这样爱你了，假如你的确值得别人这么爱你的话。一路珍重吧。"女王刚说完这番话，那个被扰乱了的幸福家园的门，就在小蓟绒身后关上了。

小蓟绒很恼火，决心要让蜜蜂女王好好心痛一下。他找到了那些最先被他迷惑住的、又懒又任性的工蜂，鼓动他们跟着自己，去夺走女王储藏起来过冬的蜜糖。

"就让我们在辉煌的夏日里寻欢作乐吧。"小蓟绒说道，"冬天还离得远呢！为什么我们要虚度好时光，辛辛苦苦地把可以立刻享用的美食储藏起来啊？来吧，我们来拿走我们酿造的蜜糖，别管那个女王会说什么。"

就这样，当勤劳的工蜂都去花间忙碌的时候，小蓟绒就带着一群懒虫闯进了蜂房，拿走了藏在里面的蜂蜜，还把善良蜜蜂的家园捣成了碎片。然后，因为害怕悲愤的蜜蜂会来蜇自己，小蓟绒匆匆飞走了，去找寻新的伙伴去了。

经过很长时间的流浪之后，小蓟绒来到了广袤的森林里，落在林中宁静的湖边休息。只见秀丽的野花生长在翠绿的苔藓上，微微地点着头，就好像正在倾听掠过松林的轻风的歌唱。眼睛亮闪闪的小鸟从小巢里窥望着小蓟绒，色彩斑斓的小虫则在平静的湖面上不停飞舞。

"这真是个可爱的地方，"小蓟绒说道，"这儿可以做我的家，不过是暂时的。过来吧，小蜻蜓，我想和你交朋友，我太孤单了。"

蜻蜓在小精灵身边收拢了闪光的翅膀，听他讲故事。很快，蜻蜓就成了这个孤独的小家伙的朋友，还向他保证，会让这个森林变成他快乐的新家。

就这样，小蓟绒住了下来。许多和善的朋友围绕着他，因

为一是他会讲好听的故事，二是他们也不知道他以前做过的那些可怕的事。在一小段时间里，小蓟绒生活得又快乐又满意。可厌倦终于还是追上了他，那些温顺的鸟儿、热情的花儿，都不能再给他带来新的乐趣了。他又开始破坏那些让他觉得腻烦的美好事物了。没过多久，那些曾经满怀柔情欢迎他的朋友，都把他当作恶魔，只要一看到他，就会立刻躲藏起来。

　　到最后，甚至连那位蜻蜓朋友，也开始恳求他离开这个地方，因为这里已经被他搞得一片狼藉了。这让小蓟绒火冒三丈。结果，当蜻蜓正在湖面上低垂的花朵间睡觉的时候，小蓟绒竟把一只丑陋的蜘蛛放到了那里，叫蜘蛛在睡着了的蜻蜓周围织一张网，紧紧地捆住蜻蜓。这只残忍的蜘蛛倒是很乐意为这个忘恩负义的精灵服务，很快就把可怜的蜻蜓从头到脚捆了个结结实实。这时，小蓟绒头也不回，从森林里飞走了，再次把悲伤和痛苦留在了自己身后。

　　这一次，小蓟绒没有飞多远就觉得累了，于是就躺了下来，沉沉地睡了很久。当他再次醒来，想要起飞的时候，他发现自己的手和翅膀都被绑住了。在他身边站着两个长相奇怪的矮家伙，面孔和长袍都黑乎乎的，就像枯萎的树叶一样瑟瑟地抖动着。小蓟绒拼命挣扎着想要逃脱，可那两个家伙却对他大喊道："老实躺着吧，你这个捣蛋鬼！你已经落入棕仙的掌握之中啦，在我们放你走之前，你得为你做的那些坏事好好受一点儿惩罚。"

可怜的小蓟绒只好愁眉苦脸地躺下了。会出什么事呢？小百合要是能赶来救自己就好了！可正是自己把她丢下的，所以，现在已经没有人会来帮助他了。

不一会儿，空中唰唰作响，飞来了一大群棕仙。他们聚集在小蓟绒的旁边，那个脑袋上戴着橡树果壳的家伙，就是他们的国王。国王站在浑身发抖的小精灵身边，说道："你做了太多冷酷无情的事，伤害了太多快乐的心灵。现在，你到了我的国土上，我要惩罚你，叫你真心悔过。你不破坏美好的东西，就不能快活地过日子，是不是？那么，你就一个人在孤独和黑暗里生活吧，直到你学会在善良的行为中得到乐趣，在给予别人幸福时忘掉自己为止。当你学会了这一切，我就会让你自由的。"

棕仙们把小蓟绒带到一块高高的、黑暗的岩石上。接着，他们打开了一扇小门，把他推进了一个小小的牢房。一束阳光透过窄窄的石缝射进来，让房间里有了些微弱的光亮。就在这里，小蓟绒孤零零地坐着，度过了许多许多日子。他渴望的目光死死地盯在那条小小的窄缝上，梦想着能够到外面的绿色大地去。可没有一个人来这里看望他，只有一个沉默的棕仙每天为他送来食物。每当他想起小百合，就会泪流满面，他为自己曾经那样冷酷和自私而感到悲伤，他要是能为自己所做的一切做点补偿，那该多好啊！

一棵小小的葡萄藤从牢房的石墙后面悄悄地探出头来，透过那条裂缝往里张望，就好像特地来给这个孤独的精灵送来一些快乐。小蓟绒满怀喜悦地迎接了这个小客人，每天用自己那份不多的饮水来浇灌葡萄藤，让小小的葡萄藤在这越来越阴暗的牢房里也能够继续生长。

负责守卫的棕仙发现了小蓟绒做的这件好事，就给他带来了一些新鲜的花朵，还有许多其他可爱的东西。小蓟绒感激地收下了这些礼物，虽然他并不知道这是因自己为葡萄藤所做的一切换来的报偿。

就这样，小蓟绒在痛苦中变得善良、无私起来。并且，他变得越来越快乐了。

小蓟绒在孤独的牢房里过着囚犯生活的时候，小百合正在四处寻找她的朋友。一路上，小百合不断伤心地发现小蓟绒留下的那些破碎的心灵。

小百合搭救了那些垂死的花儿，安慰了悲痛的蜜蜂女王，驱散了她的臣民们的满腹怨气，修好了被毁坏的蜂房，然后在蜜蜂的祝福中离去了。

她继续着这样的旅程，最后来到小蓟绒失去自由的那个森林里。她松开了快要饿死的蜻蜓身上的绳索，又细心照料着那些受伤的小鸟。尽管这里所有的小动物都愿意帮助她，可没人能说得出她的朋友被棕仙带到了何处。直到一阵小风从这里经过，才告诉了她，在一块长满青苔的石头下面，曾经传出一个甜甜的声音，在吟唱精灵的歌曲。

小百合赶忙穿过森林，去找寻那个声音。她搜寻了很久。直到有一天，当她正在一个冷冷清清的溪谷里徘徊时，一个微弱的音符传到她的耳边。不一会儿，一个悲伤的声音在远处某个地方响了起来：

"夏日的阳光是这样明亮，
夏日的空气是这样温和；
林中的小鸟欢快地歌唱，
花朵们一起吐露芬芳。"

"可是，在阴暗冰冷的石头底下，
我却要把悲伤的日子度过，

想念着你啊，亲爱的朋友，

小百合！小百合！"

"蓟，亲爱的蓟，是你吗？"小百合喜出望外地叫着，从一块石头飞向另一块石头。可那个声音却很快消失了，她扑了个空。然而就在这时，她看见一棵小小的葡萄藤，那绿色的叶子摇来晃去，就好像在召唤她过去似的。她连忙飞到花茎中间，唱了起来：

"穿过夏日的阳光和空气，

许久以来我一直在寻找你，

鸟儿和花朵给我指道引路，

现在又沿着你歌声的痕迹。"

"小蓟绒！小蓟绒！

翻山越岭啊，

来陪伴你的

正是小百合。"

这时，从葡萄藤的绿叶下伸出了两只小小的手臂，小蓟绒终于出现了。从这一日起，小百合就在葡萄藤的影子里住了下来，好为她的蓟带来一些快乐。忽然之间，小蓟绒孤独的囚牢变得比外面的整个世界还要可爱。日子一天天过去了，小蓟绒变得越来越像他善良的朋友了。可好时光并没有持续太久，有一天，小百合忽然不见了。小蓟绒一直盼啊，等啊，想再看到那张小小的脸蛋透过葡萄藤向自己露出微笑。小蓟绒不住地呼唤她，从石缝里伸出手去，可就是听不到小百合的回答。小蓟绒伤心地哭起来，因为他想到这个朋友为自己做了那么多事，而自己却由于残酷和自私成了棕仙的囚犯，现在竟然都不能出去寻找和帮助她。

最后，小蓟绒只好恳求沉默的棕仙告诉自己，小百合去了哪里。

"哦，让我去找她吧。"小蓟绒乞求道，"要是她现在不开心，我可以安慰她，报答她为我所做的一切。亲爱的棕仙，放了我吧，等我找到她，我会回来继续做你们的囚徒。为了救她，我什么都不怕。"

"小百合很安全，"棕仙回答道，"来吧，来接受那一直等待你的考验吧。"

棕仙带着吃惊的小蓟绒离开牢房，来到一片高高的、弯曲着枝叶的蕨丛上。在蕨叶的影子底下有一朵巨大的白色百合花，就像一顶小小的帐篷，在一块厚实的、青苔铺成的床上，躺着的就是沉睡的小百合。阳光静悄悄地落在她的脸上，四周一片幽静。

"你是叫不醒她的。"当小蓟绒伸出手臂，温柔地拥抱自己的朋友时，棕仙国王说道，"她被魔法催眠了，所以永远也不会醒来，除非你能把泥土精灵、空气精灵和水精灵的礼物带到这里来。这是十分漫长的旅程，更是一个十分艰巨的任务，因为已经没有任何一个朋友能够帮助你了，所以你只能独自一人去寻找他们。这就是我们对你的考验。如果你真的爱小百合，就可以为她改掉自己残酷和自私的毛病，变成一个可爱、善良的小精灵，而她就会醒来迎接你，甚至会比以前更爱你。"

最后，小蓟绒凝望了一眼深爱着的朋友，独自踏上漫长的旅程，去完成艰巨的任务了。

泥土精灵的家是小蓟绒的第一个目的地，可没有人会告诉他，那地方到底在哪里。他只得四处流浪，穿过阴森森的密林，翻过冷清清的山岗。一路上，没有人在他疲倦时给他鼓励，也没有人在他迷茫时为他指路。

小蓟绒继续前进，心里想着小百合，一想着要救她，就咬着牙把一切困难都挺了过去。在安静的牢笼里，他的心里已经长出了温和与善良。现在，他竭力想对所有的小生灵表示友爱，并且与那些曾被他伤害过的朋友和好。

可没人相信他，因为大家还记得他的谎话和恶作剧，所以现在任凭他怎么解释，也不敢再信他了。结果，可怜的小蓟绒竟没有找到一个关心他、爱他的朋友。

　　就这样，他流浪了很久，找遍了每个角落，却还是没找到泥土精灵的家。最后，他来到了自己和小百合第一次经过的花园。他心里暗想："我要在这里待几天，试着让那些从前被我害惨了的花儿原谅我，也许她们会相信我呢。那么，就算找不到那些精灵，我也可以弥补一下自己的过错。小百合知道我这么做，肯定也会很高兴的。"

　　于是他来到了花丛中。可花儿们却全都合起了花瓣，吓得瑟瑟发抖。鸟儿们也都在他经过时，躲进了绿叶丛中。

　　小蓟绒难过极了。他多想告诉大家，自己已经有了很大的改变。可谁也不想听他解释。最后他下了决心，要安安静静地在这儿住一段时间，用行动来证明自己再也不会伤害大家。很快，好心的小鸟就同情起这个孤独的小精灵来。当小蓟绒走过时，鸟儿们就唱起快乐的歌曲，还在他面前的小路上撒下熟透了的浆果。因为他再也没有打破鸟蛋，也再也没有去捉弄雏鸟了。

　　花儿们看到了这一切，发现这个曾经冷酷的小精灵开始浇灌嫩芽，喂养小虫，帮助忙碌的蚂蚁搬运谷物了。于是，花儿也像鸟儿一样，开始同情起这个孤独的小家伙了。不过虽然很想信任他，可是花儿们还是心有余悸。

　　一天，小蓟绒在花园里漫游，来到了他曾经伤害过的玫瑰花妈妈面前。现在，那朵玫瑰花正被许多小蓓蕾包围着，温柔的脸上挂着母亲的自豪，正弯腰呵护着自己的孩子。当小蓟绒走近时，他悲伤地看到，玫瑰花立刻叫自己的孩子们合拢绿色的花萼，藏到自己的叶片后面，好避开即将来临的危险。接着，玫瑰花把腰弯得更低了，浑身战栗，就好像在等着什么恶魔的降临。

可玫瑰花想象中的事情并没有发生，反而有一阵露水轻轻地洒落下来。然后，小蓟绒亲切地俯下身，说道："亲爱的花儿，请相信我，原谅我曾经做过的错事吧。因为小百合的温柔已经改变了我，我只想为我造成的伤害做一些补偿，可现在没有人再爱我、信任我了。"

玫瑰妈妈这才抬头向他望去，一滴滴露水像快乐的眼泪一样，闪烁在叶片上。玫瑰妈妈说道："我会爱你、信任你的，蓟，因为你确实不一样了。在我们身边安家吧，我的花朵姐妹们很快就会发现你已变成了另一个人。如果我们可以成为朋友，那不是因为可爱的小百合的缘故，而是因为你自己的努力。因为你现在已经变得温和、善良，是一个值得我们去爱的朋友了。抬起头来吧，我的小宝贝们，这儿没有危险了。抬起头来，欢迎蓟加入我们的大家庭吧。"

这时，小蓓蕾们都仰起了粉嫩的脸蛋，重新在自己的花茎上舞动起来，还不停地向小蓟绒友好地点着头。小蓟绒含着泪，冲小蓓蕾们一个劲儿微笑，并且亲吻了那朵可爱而宽厚的玫瑰花。因为正是这朵玫瑰，在其他朋友离弃小蓟绒的时候，又一次给了他爱和信任。

接着，其他花朵开始窃窃私语起来。风信子说道："要是玫瑰花能和他成为朋友，我们当然也可以了。但是我听说他是个反复无常的家伙，说不定很快又会变回那个可恶的精灵呢。到那时，我们可就得为现在对他的信任吃尽苦头了。"

"啊，不要怀疑他了吧！"热心的小木樨草喊道，"肯定是善良的精灵让淘气的蓟变好了，瞧他拨开挡在苍白的小蓝铃花身上的叶片是多么细心，听他唱给小野蔷薇的摇篮曲是多么轻柔啊！他做了许多好事，可除了玫瑰花，没有人对他表示过友好，所以他才会这么难过。昨天晚上我醒来，整理窗帘的时候，看到他坐在月光下哭泣。他是那么可怜，我真想给他一句安慰的话呀。亲爱的姐妹们，就让我们相信他吧。"

所有的花朵都觉得小木樨草说得有道理，没过多久，大家全都展开了自己的花瓣，邀请小精灵来自己家里做客。花朵们请小蓟绒一起分享甜美的露水，让他躺在芬芳的花瓣上。总之使尽一切可能，想让小蓟绒快乐起来。小蓟绒把自己的遭遇都告诉了花儿们，听到这一切，花儿们彼此小声地议论了一会儿，然后说道："是的，我们会帮助你找到泥土精灵的，因为你在努力地做好事，也因为我们是那么喜欢小百合，我们会尽力帮你的。"

花儿们叫来了一只眼眸亮晶晶的小鼹鼠，说道："缎背心，我们在自己的花根下给了你一个可爱的家园，你是我们最好的朋友。那么，你愿不愿意带蓟到泥土精灵那儿去呢？"

缎背心说："好的。"小蓟绒赶紧谢过好心的花儿，跟着这个小小的向导，穿过长长的黑走廊，一步步走入了深深的地下。一只叫作微亮的萤火虫飞在前面，为他们照亮。他们走了一会儿，就踏上了一条小路，路两旁的墙上宝石闪烁，把一切照得通亮。缎背心和微亮就在这儿和小蓟绒分了手，缎背心说道："我们不能带你走得更远了，你必须独自走完这段路，精灵的音乐声会指引你找到泥土精灵的家。"

说完，缎背心和微亮沿着弯曲的小路飞快地跑了。小蓟绒循着那悦耳的音乐声，继续独自前进。

很快，小蓟绒来到了一个美妙的地方。只见金色的墙壁上嵌满了闪闪发光的宝石，宝石七彩的影子投在小精灵们闪光的袍子上。他们正在一串串柔和的铃铛乐声里跳舞呢。

好一会儿，小蓟绒都只是呆呆地站在那儿，望着眼前晃来晃去的华丽身影。可他再次想起了地面上的花朵和阳光，并为自己不是一个泥土精灵而感到很高兴。

终于，精灵们注意到了小蓟绒，热情洋溢地涌过来欢迎他，并邀请他一起跳舞。可现在的小蓟绒哪有心情，赶忙把自己的故事都说了出来。听了他的话，精灵们停下舞步，都围过来安慰他。这时，一个头戴钻石王冠、身穿长袍、被大家叫作小火星的精灵说道："你可以和我们一起工作，这样你就能得到一份礼物回去见棕仙了。你瞧见那些金色花铃了吗？当我们摇晃它们，动听的音乐就会响起。我们花了很多精力来做这样的铃铛，如果你可以完成我们交给你的任务，就可以得到这样一朵花铃。"

小蓟绒回答："为了亲爱的小百合，无论多艰巨的任务都难不倒我。"

精灵们举着火炬，带小蓟绒来到一个奇异的黑洞穴里。许多精灵正在这里忙碌不停，有的在钟乳石之间穿梭，有的在通往大地深处的阴暗走廊中进出。

"他们在做什么？"小蓟绒问道。

"我来解释吧，"小火星答道，"因为我也在这儿工作过。有些精灵在照料花根，好让花朵们保持新鲜活力。另一些精灵在收集钟乳石上的干净水滴，用来制造一个小喷泉，等泉水渐渐多起来，就可以喷涌出地面，去浇灌绿野、森林了。小鸟会飞来喝水，野花会把焦渴的叶片伸向清凉的水波。这些泉水一路歌唱，把欢乐和活力带向四方。还有一些精灵在这里切割明亮的宝石，把它们雕琢成可爱的形状，我们还会做一些好运钱币送给我们喜欢的人。你需要在这里工作一段时间，直到金色花铃开放的时候。"

小蓟绒就这样和泥土精灵们一块儿工作起来，照料花根，收集水滴，制作好运钱币。他通常一天工作很长时间，常常又疲倦又郁闷，也常常会产生一些自私的坏念头。可每当想起小百合，他就会尽力让自己和她一样善良、温柔。没过多久，泥土精灵就开始喜欢上这个有耐心的小精灵了，因为他远离家园来这里和他们一起艰苦劳动，只是为了救自己可爱的朋友。

终于，小火星又来到小蓟绒面前，对他说道："你已经做得够多了，现在来吧，和我们一起去参加舞会吧，因为金色花铃已经开放了。"

可小蓟绒不愿再多作片刻停留了，因为他还有两件任务没有完成呢。而且，他也特别渴望见到阳光和他的小百合。就这样，他友好地道了声珍重，就带着泥土精灵的礼物，匆匆穿过通道，回到了光明之中。然后，他奋力扇动翅膀，翻山越岭，飞向小百合沉睡的森林。

清晨，粉红的明媚光线洒在百合花瓣上。小蓟绒走到小百合身旁，把第一份礼物放在了棕仙国王的脚下。

"你做得很好。"国王说道，"我们从花朵和鸟儿那里听到了你的消息，你真的在努力弥补自己所犯的过错。看一眼你的朋友吧，然后就去空气精灵那儿寻找第二份礼物吧。"

小蓟绒只能再次和小百合道别了。这一次，他要飞到遥远而辽阔的云层上面，去寻找空气精灵。可他飞啊，飞啊，一直飞到自己疲惫的翅膀都快抬不起来了，还是什么也没找到。最后，他心力交瘁地落在了一片宽大的、正随风轻轻摇晃的葡萄叶上。他躺在那里休息时，看到面前正是那个被自己捣毁过，又被小百合修补好的蜂房。

"我要去请求蜜蜂的原谅，让大家知道，我已经不再是那个喜欢伤害人的坏精灵了。"小蓟绒想着，"等蜜蜂再次成为我的朋友，我就可以请求他们帮我去找空气精灵了。要是我配得上做他们的朋友，他们会很高兴给我领路的。"

想到这儿，小蓟绒连忙向不远处的田野飞去，在花丛间匆匆地忙碌起来。他用风铃草的花杯装满了新鲜、甜美的蜜糖，轻手轻脚地来到蜂房边上，把蜜糖放在门口，然后匆匆躲在一旁偷偷张望。不一会儿，小蓟绒的朋友灵翼飞回了家。他看到那只小花杯，立刻高兴得哼唱起来，还叫他的伙伴都围过来看。

"毫无疑问，是善良的小精灵把蜜糖放在这里的，这是她们送给我们的。"蜜蜂们猜测说，"让我们把蜜糖献给女王吧。瞧这蜜糖多么新鲜、香甜啊，她一定会喜欢这礼物的。"于是，他们高高兴兴地把蜜糖搬回家去了，根本没想到送礼物的精灵就近在咫尺。

就这样，小蓟绒每天都采集一花杯的蜜糖，放在蜂房门前。一天天过去了，蜜蜂们越来越纳闷，因为每天都会发生许多怪事。原野上的花朵说，有个好心的小精灵照顾过她们；鸟儿们也说，有个善良的小精灵为他们的小巢铺上了柔软的青苔，还喂过他们饥饿的孩子；还有，自从这个精灵出现后，蜂房周围变得越来越漂亮了。

可蜜蜂们却从来都没遇见过小蓟绒，因为他害怕自己做的一切还不能让他们原谅自己，所以他一直独自一人住在葡萄藤下，每天为蜜蜂们采蜜，默默做着好事。

终于有一天，当小蓟绒躺在一朵铃铛花下打盹的时候，恰好有一只蜜蜂飞过。蜜蜂立刻认出了这正是那个可恶的蓟，立刻叫来了自己的朋友。他们围着小精灵，嗡嗡飞舞。恰在这时，小蓟绒醒了。

"我们该拿你怎么办呢，捣蛋鬼？"蜜蜂们说道，"你现在落到我们的手里了，你要是敢动一下，我们就会蜇你。"

"让我们把他关在花瓣里，一直关到饿死吧。"一只蜜蜂大叫，他至今都没忘记小蓟绒从前是怎么捣毁家园的。

"不，不，那太残忍了，亲爱的嗡嗡。"一只叫小哼哼的蜜蜂说道，"让我们带他去见女王吧。女王会告诉我们，该怎么处罚这个可恶的小精灵。瞧！他哭得多伤心，对他好些吧，他不会再伤害我们了。"

"小哼哼，你真好！"热心肠的知更鸟一直在旁边听蜜蜂们的谈话，这会儿终于忍不住跳出来说道，"亲爱的朋友们，难道你们还不知道，这就是那个一直默默在我们周围，照顾花朵和鸟儿，给我们带来快乐的好精灵吗？正是他每天送给你们一杯蜜，又悄悄走开，不让你们知道是谁做了这一切。对他好些吧，就算他做过无数错事，就像你们看到的，他也已经补偿过了。"

"那个精灵会是捣蛋鬼蓟吗？"灵翼半信半疑地叫道。

"是的，就是我，"小蓟绒说道，"可我不再是那个调皮捣蛋的我了。我一直在用勤劳的工作让你们重新喜欢我。啊，请相信我吧，你们会看到我已经不再是那个捣蛋鬼小蓟绒了。"

又惊又喜的蜜蜂们把小蓟绒带到了女王面前。小蓟绒一五一十地跟蜜蜂们说完了自己的故事，很快就得到了他们的谅解。蜜蜂们争先恐后地向他表示了友好和信任。小蓟绒立刻请求蜜蜂帮助自己去找空气精灵的家，因为他必须去搭救亲爱的小百合。让他喜出望外的是，女王欣然说道："好的！"她马上命令小哼哼带着小蓟绒到云中王国去。

小哼哼高兴地接受了命令。小蓟绒跟在他身后，在柔软的云朵中间越飞越高，直到他们看见一束光亮远远地照射过来。

"前面就是空气精灵的家了，现在我必须走了，亲爱的蓟。"小蜜蜂说着，挥手向他道别，唱着歌飞走了。小蓟绒顺着那束光亮继续往前飞，很快就来到了空气精灵的家里。

这里的天空金紫相间，就像秋天日落时的景象。小蓟绒发现自己被包围在灿烂的云朵长城之中，一道玫瑰红的光线从银色的薄雾中透射出来，发光的圆柱支撑着彩虹屋顶，喃喃低语的风儿轻轻从屋顶掠过，一个个小小的身影在风中飘来飘去。

有好一会儿，小蓟绒只是呆立在那儿，惊讶地看着眼前的美景。等他回过神来，他立刻走到那些发光的精灵中间，说出了自己的故事，并请求得到一件礼物。

可空气精灵的回答跟泥土精灵如出一辙："你必须先为我们工作，然后我们会很高兴地送给你一件我们编织的阳光长袍。"

他们告诉小蓟绒，他们是怎样把花种吹向大地的各个角落，怎样在白天守护那些花朵，在夜晚播撒露水，怎样把阳光带到阴暗的地方，又是怎样让风儿吹得清新、欢畅的。

"这就是我们要做的，"精灵们说道，"而你现在必须帮我们完成这些工作。"

小蓟绒愉快地跟着这些可爱的精灵一起飞走了。白天，他为精灵递送阳光和微风；夜晚，他和精灵一起飞遍月光笼罩的大地，把清凉的露水洒在合拢的花朵上，把美梦带给沉睡的人们。随着这些事情做得越来越多，他的心灵也一天天地变得越来越光明，越来越懂得如何去为他人创造快乐了。

终于，精灵们告诉小蓟绒，他不用再继续工作了，并且很高兴地送给他一袭阳光长袍。就这样，小蓟绒完成了第二件任务，再次快乐地飞回了绿色的大地和沉睡的小百合身边。

银色的月光照耀着睡梦中的精灵。看到小蓟绒送来的第二件礼物，棕仙国王的声音变得从未有过的柔和。

"还有最后一个考验，蓟，然后她就会醒来。勇敢地前进，去赢取你最后一件贵重的礼物吧。"

于是，小蓟绒满怀希望地再次出发了。这一次，他飞向了小溪和江河边去寻找水精灵。可是，他又没能找到他们。小蓟绒来到了棕仙捉住自己的森林中，四处游荡，最后在那个宁静的湖泊旁边停了下来。

小蓟绒站在那儿，听到了一阵呻吟声。他抬头向身边的长草望去，只见自己曾经捉弄过的、受了伤的那只蜻蜓，正孤零零地躺在那里。

小蓟绒轻轻地走近过去，说道："亲爱的蜻蜓，别害怕，只要你允许，我会很高兴帮你治伤的。我是你的朋友啊，我希望你知道我对自己做过的傻事有多后悔，因为你对我一直是那么好。请原谅我，让我来帮助你吧。"

小蓟绒包扎好了蜻蜓那只受伤的翅膀。蜻蜓听到小蓟绒说出了这么和蔼的话语，也就不再怀疑他，又成为他的朋友了。

小蓟绒日复一日地守护着蜻蜓，用清凉、新鲜的苔藓做了一张小床，让蜻蜓能好好休息，在蜻蜓睡着的时候扇风，当蜻蜓醒来的时候唱起好听的歌。每当可怜的蜻蜓想在蓝色的水波上舞蹈时，小精灵就抱着他去湖面上，陪他乘上插着绿色小旗的树叶小船航行，在平静的水面上漂荡。有时，蜻蜓的同伴们也会飞到小船旁边，和他们一起玩有趣的游戏。

终于，蜻蜓受伤的翅膀痊愈了。小蓟绒对他说，自己必须去寻找那些水精灵了。"我可以告诉你在哪儿能找到他们。"蜻蜓说道，"你必须跟着不远处的那条小溪，它会带你一直到大海边，水精灵就住在那儿。我真想和你一起去啊，亲爱的蓟，可我做不到，因为他们住在水波的深处。你可以找些好朋友给你带路，一路保重啊。"

于是，小蓟绒跟着小溪，穿过了原野和峡谷。渐渐地，小溪变成了大河，一直流向了大海。清新的海风吹过，巨大的浪花翻涌着，在小蓟绒的脚下破碎成千万朵小浪花。他站在海岸上，注视着太阳下翩翩起舞的海浪。

"在这么大的海洋里，如果没人领路，我怎么才能找到那些精灵呢？这可是我最后一个任务了。为了小百合，我绝不能在此时此刻被吓倒。"小蓟绒自言自语道。于是，他在海面上飞来飞去，向波浪底下张望。不一会儿，他看见从海水深处伸出了一些珊瑚树的枝杈。

"他们一定在那里。"小蓟绒这样想着，就收起翅膀，一头扎进了冰冷、幽深的海水里。然而，他在那儿只看到了一些可怕极了的怪物和黑影。怪物们不停地包围过来，吓得他浑身颤抖，只好奋力地向海面游去。

滚滚巨浪冲击着小蓟绒，伤痕累累的他被扔回海岸。小蓟绒躺在那里，悲伤地哭起来。这时，一个声音在他身边响起："可怜的小精灵，你出了什么事？这些大浪可不是你这样一个小家伙的好玩伴啊。告诉我，你为什么这样伤心，也许我可以帮助你呢。"

小蓟绒抬起头，看到一只白色的海鸟正友好地望着自己。小蓟绒向这位朋友讲述了自己的故事，以及自己寻找水精灵的经过。

"当然，既然蜜蜂和花朵可以尽力帮助你，鸟儿也可以这样做。"那只海鸟说道，"我会帮你找到我的朋友鹦鹉螺，他会把你安全地带到水精灵住的珊瑚宫里。"

说着，海鸟展开巨大的翅膀，飞走了。没过一会儿，小蓟绒就看到一只小船穿过汹涌的波浪，漂到岸边在等候他了。

小蓟绒跳上船去。鹦鹉螺立刻迎风升起了小小的船帆，轻盈的小船在蓝色的大海上飞快地滑行起来。过了许久，小蓟绒忽然叫出了声："我看见远方的拱门啦！让我去吧，那就是精灵的家了。"

"别忙，闭上眼睛，相信我。我会带你安全到达那里的。"鹦鹉螺说道。

小蓟绒闭起了双眼，只听见大海在耳边喃喃低语，感觉到自己正慢慢地沉向海底。那轻柔的声音，让他觉得像要睡着了似的。当小蓟绒睁开眼睛时，小船已经不见了，自己就站在水精灵奇特而又美丽的宫殿里。

在小蓟绒头顶，雪白的珊瑚组成一扇扇高大的拱门，闪亮的贝壳砌成的宫墙上，装饰着许多可爱的海葵。在波浪上跳动的阳光，把一片片银白的碎影投射到海底，照耀着一块块闪亮的小石子。一阵清新的风儿，从海苔摇摇晃晃的花朵旁掠过。远处的空中，传来了柔柔的波涛声。不一会儿，一群优雅的水精灵游了过来，他们发现了瞪着大眼睛的小精灵，就簇拥着他，要把装满漂亮宝石和其他海底奇珍的贝壳送给他。可小蓟绒想要的不是这些财宝，他赶紧向水精灵们讲了自己的故事。善良的水精灵都很同情他，其中小珍珠精灵还禁不住叹息起来，因为她不得不告诉小蓟绒，他必须经受漫长而严酷的考验，才可以赢得一顶水精灵的白雪珠冠。小蓟绒在漫长的流浪生活中，已经积聚了足够的勇气和力量，他才不会退缩呢。水精灵们把小蓟绒带到了珊瑚作坊里，叫他在这里和所有的珊瑚工人一起工作，直到那些华丽的树枝穿过上面的水波，接触到阳光和空气。

为了小百合，小蓟绒离开了可爱的水精灵和华丽的宫殿，和珊瑚工人一起在昏暗、陌生的海底做起了苦工。他工作了很久很久，可海波却还高高地在头顶上荡漾。可怜的小蓟绒流下了无数辛酸的眼泪，他多想回到洒满阳光的天空中，听听鸟鸣、闻闻花香啊。有时候，小蓟绒会穿上水精灵送的魔法长袍，游上海面，穿过波浪，凝望遥远山岗的淡蓝色轮廓，注视旅行中的一群群飞鸟的身影。这些景象总让小精灵回忆起绿色的密林、明媚的原野，而现在，他只能孤零零一人漂浮在无边无际的大海上。

时间一天又一天地过去了，小蓟绒的任务慢慢接近了尾声。珊瑚工人整天忙碌着，可谁也没有小蓟绒工作得卖力。精灵们都对这个寡言少语的小家伙感到惊奇，他又勤奋又有耐心。虽然他从不参加其他精灵的游戏，可对每个朋友都和蔼可亲。

珊瑚树长得越来越高了，小精灵的心里也越来越轻松。他满心欢喜地想象着，当亲爱的小百合知道他所做的这一切之后，会多么激动啊。终于，阳光落在了珊瑚树上，小蓟绒的工作宣告完成了。水精灵们为他献上了白雪珠冠，他向所有关心爱护他的朋友道了谢，然后就箭一般地穿过冰冷的蓝色海水，抖抖翅膀上明亮的水滴，欢唱着飞上了晴朗的天空。

小蓟绒在清爽的空气里前行，愉快地望着身下那美好的、生机勃勃的大地。花儿们在向他微笑，绿树在优雅地向他点头致意。不一会儿，小百合沉睡着的森林就出现在小蓟绒眼前。他飞快地穿过幽静的森林小径，只觉得它们看起来从没有这样亲切过。

小蓟绒来到了好朋友沉睡的地方，惊讶地发现，这里已不再是他离开时那个黑暗、寂静的所在了。每棵树上都挂着花环，空气中弥漫着甜美的花香，回荡着鸟儿的欢歌。小溪淙淙，流过拱门般弯曲着的蕨丛。绿叶簌簌，在夏日的和风中摇摆。空中处处飘着美妙的音乐声。可最美的还要算他的小百合。她躺在丝绒般的青苔上，金色花铃陪伴着她，闪光的长袍覆盖着她小小的身躯，温暖的阳光照耀着她的脸庞，轻柔的风儿吹拂着她明亮的发丝。

小蓟绒伸出手臂拥抱她，喜悦的泪水大滴大滴地涌出来。他呼唤着："哦，小百合，亲爱的小百合，醒一醒！我真的回到你身边了，我的任务都完成了。"

小百合带着一丝微笑醒了，她睁开眼睛，惊愕地望着自己身边的美景。

"亲爱的蓟，这些美丽的东西都是从哪儿来的？为什么我们会来到一个这样可爱的地方？"

"听着，小百合。"棕仙国王出现在她身边，开口说道。接着他把小蓟绒所做的一切——怎样四处流浪寻找精灵的礼物，怎样为得到它们而艰苦地劳动，怎样在孤独和痛苦中变得真诚、善良、友爱，都说给了小百合听。

"鸟儿、蜜蜂、花朵们都已经原谅了他。现在，恐怕再没有谁会像这个曾经铁石心肠的蓟一样，如此受大家的欢迎了。"国王说着，向那个在他面前幸福地低着头的精灵俯下身去。

"你已经懂得了仁慈的心灵会给自己带来快乐，亲爱的蓟。你确实用行动证明了你配得上做小百合的好朋友。为她戴上那顶珠冠吧，因为从现在起，她就是森林精灵的王后了。"

小百合戴着闪闪发亮的珠冠，幸福地依偎在小蓟绒的胸膛。这时，从森林里的花朵和绿叶间"呼啦啦"飞出无数小小的精灵。他们绕着自己的新王后飞来飞去，为她献上了许多礼物。

"如果我是王后，那你就是国王，亲爱的蓟。"小百合说道，"戴上这顶王冠吧，我只要一个花环就足够了。你为了救我受了那么多苦，而且你也应该成为那些真心爱戴你的精灵的守护者。”

“留下你的王冠吧，小百合，瞧那边，精灵们已经为蓟带来了礼物。”棕仙国王说着，用他的魔杖指向一棵老树。在长满苔藓的树根之间，走来了一群泥土精灵，他们的花铃一路叮当作响，嵌满宝石的衣裳在阳光下不停闪烁。精灵们来到小蓟绒和小百合站立的花荫下，小火星挥舞着一朵金色花铃从队伍里跳了出来，让银色的音符在空中四下飘洒。“亲爱的蓟，”闪光的精灵说道，“你为朋友勤勤恳恳地做了那么多的好事，就让我们也送给你一件爱的礼物吧。”

他的话音刚落，又从天上飞来一群可爱的空气精灵。他们举着一袭阳光长袍，那是送给曾经和他们一起工作的善良小精灵的礼物。

接着，从微风中传来了来自远方的一阵歌声。声音渐渐近了，在小溪的涟漪中出现了闪闪发亮的水精灵。他们乘着彩色的贝壳小船来到这里，把亮晶晶的王冠戴在了小蓟绒的头上。花钟长鸣，百鸟欢唱，所有的森林精灵都用银铃般的声音，一起高呼：“小蓟绒和小百合！国王和王后万岁！”

“你不是也要给我们讲个故事吗，亲爱的紫眸？”当微风讲完故事，女王说道。那个被唤到的小精灵，从她坐着的花瓣上抬起眼睛，含笑答道：“当我在原野上编织花环时，我听见一朵樱草花正在给她的朋友麒麟草讲这个故事。”

Chapter 05

小花蕾

在一个大森林里，高高的绿树杈上，住着小鸟褐羽和他亮眼睛的伴侣。他们是非常幸福恩爱的一对。他们的小巢已经建好，四枚蓝色的小鸟蛋躺在柔软的窝里，年轻的妈妈安静地坐在那儿照看着宝宝。她的丈夫不光为她带来了甜甜的浆果和小虫，还给她唱歌、讲故事。

日子过得平平静静。可有一天，她忽然发现自己的窝里多了一枚白色小蛋，上面还系着一根金色的缎带。

"亲爱的，"她喊道，"快来看！这个漂亮的蛋是从哪儿来的？我们的四个小宝贝都在这儿，这个蛋可是多出来的。你说这是怎么一回事？"

年轻的爸爸严肃地晃了晃脑袋，说道："别害怕，我的宝贝。这肯定是好心的精灵送给我们的礼物，我们大概可以在这个蛋里面找到些好东西吧。不过别瞎琢磨，你只要小心地坐在上面就好了，到时候我们就会知道礼物到底是什么了。"

于是他们就不再说什么了。没过多久，他们家里就添了四个叽叽喳喳的小宝宝。紧接着，那个白色的小蛋也裂开了——瞧啊，躺在里面的竟然是一个咿咿呀呀唱着歌的小女孩。鸟儿们是多么惊讶，又是多么高兴啊。当小女孩躺在鸟妈妈温暖的翅膀底下的时候，小鸟们又是多么喜爱她啊。他们给她起了一个好听的名字，叫小花蕾。

森林里充满了欢乐，小鸟为他们的家庭感到骄傲，因为新的小家伙还在不断出生。邻居们成群结队地涌到这里，来看望褐羽太太的小宝贝。那小小的女孩会给宝宝们讲好玩的故事，唱快乐的歌，而他们也总是听得那么全神贯注。很快，这个女孩就成了整个森林的快乐之源。她从一棵树跳向另一棵树，把所有的鸟窝都当作自己的家，所有人都喜欢小花蕾。就这样，她幸福地和大家一起生活在绿色的大森林里。

鸟爸爸现在整天忙着为全家找食物，不过，他可从没忘了给小花蕾带一份可口的小吃。小花蕾平常会吃一些野果，喝一些花芯里的新鲜露水。她用绿叶做成小小的长袍，用原野上的花瓣做外套，在鸟妈妈身边玩耍和睡觉。森林里的一切生灵，从古老的大树到地面的苔藓，都是这个快活孩子的好朋友。

每天，她都会教给小鸟宝宝们几首新歌。他们快乐的声音回荡在这座古老的森林中，这时，就连一本正经的黑松林也会停止那亘古不变的呼啸，静下来倾听从幽暗的林中小径上飘来的柔和声音。人类的孩子们也听见了这歌声，他们轻轻地说道："听，那些是花儿的歌曲。千万别碰它们，小精灵们就在附近呢。"

后来，林中来了一群悲伤的小精灵，他们是被小花蕾动听的歌声吸引来的。小花蕾很高兴地和他们握手、聊天。可当问起他们是从哪儿来的时候，精灵们都哭泣起来，悲伤地说道：

"我们从前都住在精灵王国。哦，那时我们有多开心啊！可是，天啊！我们不配再住在那样美丽的地方，才被放逐到了这个冰冷的世界里。瞧我们的长袍，都和枯萎的树叶一样了，我们的翅膀失去了光泽，花冠也是这样。现在，我们只好悲哀、孤独地住在这个黑森林里。请让我们留在你的身边吧。你快乐的歌曲，听起来就像精灵的音乐。你有那么多朋友，你对我们说的话是那么温柔。能和你这样可爱善良的人生活在一起，有

多好啊。你一定可以让我们重新变得美丽、纯洁起来，请让我们留下吧，亲爱的女孩。"

小花蕾说："我愿意。"就这样，精灵们留了下来。然而，每当这个好心肠的女孩看到精灵们悲伤地流泪，她就会觉得很难过。可不论她说什么，也无法让这些痛苦的心灵真正快活起来。终于，她忍不住说道："别哭了，我要去见一见露珠女王，请求她让你们回家。我会告诉她，你们已经悔过了，而且会努力重新做个好精灵。因为你们是这么悲伤，这么渴望被宽恕。我会把一切告诉她，相信她会恩准我的请求。"

"她不会拒绝你的，亲爱的小花蕾，"可怜的小精灵们说道，"她会像我们一样爱上你。如果我们真的可以回家，那对你说多少谢谢都不够啊！"

小花蕾即将离开的消息，立刻被风儿传遍了整个森林。所有的朋友都来向她道别，大家都给她带来了临别礼物。因为精灵王国离这儿很远，她这一趟旅途会非常漫长。

"不行，你不能就这么走着去，我的孩子，"鸟妈妈说道，"让你的朋友金翅背你去吧。叫他到这儿来，让我把你好好放上去。你要是摔下来了，我的心也就跟着一块儿摔碎了。"

蝴蝶金翅飞来了。小花蕾被稳稳当当地放在一个紫罗兰花瓣做的垫子上。金翅在阳光下扇动着华丽的翅膀。瞧！小花蕾昂起快乐的小脸蛋，从黄花九轮草做的遮阳帽下东瞅西望，模样可真逗人喜爱。接着，小蜜蜂为她送来了金黄的蜜糖口袋，让她带在路上吃。住在大树叶下面的棕色小蜘蛛，给她织了一块戴在帽子底下的面纱，以免阳光把她灼伤。小蚂蚁给她带来了一颗美味的小草莓，那可是她最爱吃的水果。鸟妈妈叮嘱了她许多事情，鸟爸爸歪着头站在一旁，想到他的小花蕾要去精灵王国那样奇妙的地方，忍不住两眼放光。

大家一道唱着歌为她送别，一直到她消失在群山后面，再也望不到了为止。

现在，小花蕾已经离大森林很远了。金翅载着她向前飞行，她兴奋地往下看着那些绿色的山峰、可爱的村庄，还有大树的影子。大地看上去是那么明亮、辽阔，蓝色的河流穿过柔嫩的草场，那儿有不停鸣唱的小鸟，还有永远注视着天空的花朵。

她们在清新的空气里飞舞，小花蕾快活地唱起歌来。她的朋友扇动着翅膀，为她打拍子。所以，尽管她们飞了很久，却一点儿都不觉得累。就这样，她们来到了精灵王国。

小花蕾走向精灵王国的大门。她完全理解那些被放逐的精灵，为什么会因为思念故乡而悲痛哭泣了。洁白的云朵在晴空上飘扬，一束彩虹光带抛在精灵王国的前方。小精灵们正在那儿跳舞，香甜的空气中传来花儿们轻轻的歌声，涟漪片片的小溪在为他们伴奏，叮叮咚咚地从垂着花藤的岸边流过。

一切都是那么绚烂、瑰丽，可善良的小花蕾却没有停留片刻。

因为那些精灵哭泣的模样，一直在她眼前晃动。虽然鲜花摇摇摆摆地向她致意，和风亲吻着她的面颊，她还是一步不停地走向花朵王宫。她来到墙上开满红玫瑰的大厅里，看到几个小精灵正坐在花朵下面轻轻地弹奏着竖琴。精灵们一看到这个小女孩，就立刻向她围拢过来。在她们的带领下，小花蕾穿过一道花环拱门，来到一群美丽的精灵中间。她们簇拥在一朵华贵的百合花周围，在那芬芳的花朵中，端坐着一位身穿紫衣、头戴金冠的精灵。这就是精灵女王露珠。

　　小花蕾在女王面前行了礼，然后就流着热泪说明来意。她恳切地请求女王原谅那些被放逐的精灵，不要把她们丢弃在离自己的朋友和亲人那么远的森林里。她说这些话的时候，许多精灵都和她一起哭了。等她说完这番话，那些精灵和她一起跪在女王面前，请求女王宽恕那些被放逐的精灵。

　　露珠女王泪汪汪地回答道："小姑娘，你的话让我没法不心软。她们的确不该被丢弃在痛苦和孤独之中，我也不能叫你就这样回去，连一句安慰和鼓励的话都不带给她们。我可以原谅她们的过失，可她们必须带一套完美无缺的精灵花冠、长袍和权杖回来。只有这样，她们才能再次成为精灵王国的臣民。这个任务很艰苦，因为只有最纯洁、善良的生灵才能缝制出精灵的衣裳。我相信她们还是可以通过耐心的工作，来让自己的长袍恢复成原先的模样的。再会了，好心的小姑娘，和她们一起努力吧。如果没有你的帮助，她们可能就要永远留在精灵王国的城墙外面了。"

"祝你好运，后会有期！"所有的精灵一起呼喊。她们纷纷请小花蕾给自己可怜的朋友捎去问候，然后把女孩送到了门口。

日子一天天过去了。自从小花蕾回到森林，她就一直在鼓励那些精灵。可这些精灵们又失望又气恼，根本不听她温和的劝慰，只是背转身子，独自坐到一边抽泣去了，而且还说了不少破罐子破摔的话，让善良的小花蕾难过极了。不过她始终很有耐心地给精灵们解释着一切。精灵们认定自己不可能完成那么艰巨的任务，肯定会被永远遗忘在黑森林里。小花蕾温柔地回答说："只要种下白百合，用眼泪来浇灌，破碎的长袍就能修补好；只要你们的心里能重新点燃起爱的阳光，你们的花冠就会重新闪亮；只要你们尽力去做好事，精灵的魔力就会再次回到你们的权杖上。"

于是精灵们和小花蕾一起种下了百合花，可精灵们负责照看的花儿很快就凋零枯死了，当然也没有任何光芒回到花冠上。因为这些精灵只想着自己，所以什么好事也没有去做。等到发现自己的那点努力全都没有用处的时候，就彻底放弃了，又坐到一边哭泣起来。小花蕾却始终如一地精心照料着自己的那些百合花，花朵全都灿烂地盛开了。就这样，精灵们的花冠重新焕发出光彩，权杖又有了召唤鸟儿和花朵的魔力。因为小花蕾一心只想着要给别的生灵带来快乐，所以完全忘记了自己。那些游手好闲的精灵一边说着道谢的话，一边接过修补好的长袍，然后和小花蕾一起回到了精灵王国。这些精灵忐忑不安地站在大门口，看到一大群精灵朋友正在那儿等待着欢迎她们归来。

她们走向精灵王宫，来到了露珠女王面前。可就在这时，他们花冠上的光泽又褪了下去，长袍变得像枯萎的树叶一样，权杖也失去了魔力。

女王把流着眼泪的精灵送到大门口，说道："再会！我的魔力也帮不了你们了。纯洁和爱并没有回到你们的心里，如果不是那个小花蕾的不懈努力，在你们痛哭的时候坚持工作，你们可能连家门都进不来。继续努力吧，直到你们真的改变了，否则就永远不能成为精灵王国的一员。"

"再见！"王国的大门再次关上了。小精灵们抽泣着，为再次被放逐的朋友送别。这些精灵心灰意懒地来到小花蕾跟前，小花蕾带着她们一起重返森林。

时间过得飞快。虽然那些精灵还没有为回家做出任何努力，可她们不再哭泣了，而是细心观察小花蕾的一举一动。小花蕾每天不是照料那些花儿，帮助花儿恢复生机和美丽，就是在鸟巢间穿梭，用温和的话语教小雏鸟怎样和睦地生活在同一个鸟窝里。不论她出现在哪里，总是带来一片快乐的笑声和充满感激的祝福声。

后来，小精灵们一个接着一个，也开始悄悄地学着小花蕾的样子，做起一些小事来。她们很快就发现，在做这些事情的时候，心里总会有一种无法形容的平静和幸福。他们开始留意身边可爱的花朵，还有那些用歌声来安慰她们的小鸟了。没过多久，小花蕾也发现了精灵身上发生的变化，而她快乐的话语则给了精灵们更多的勇气。就这样，一天又一天，精灵们紧随着她，就像一支小小的森林护卫队，在各个角落播下快乐和安宁的种子。

再后来，不但鸟儿和花儿喜欢上了这些精灵，就连人类也对她们做的好事感激不尽了。因为精灵们总是尽心尽力地守护着幼小的孩子，让他们远离危险；悄悄在生病的孩子耳边讲好听的故事，为冷冷清清的房间送去芬芳、美丽的鲜花；给老人和盲人制造美好的幻影，让阴郁的心情变得愉快和爽朗起来。

可精灵们做得最多的事情，还是帮助穷人和孤独的人。许多贫苦的母亲常常发现，不断有人为饥饿的宝宝送来食物，给他们赤裸的小身体盖上温暖的被子；许多不快乐的人很惊讶地发现，自家的小花园里忽然长出了美丽的花苗，嫩叶和蓓蕾装点了原本死气沉沉的院子；还有，在光秃秃的田地上忽然长出了金黄的稻谷，在温热的阳光下泛着闪光的波浪，跳跃着秋日丰收的希望。一张张忧郁的面孔变得开朗起来，一颗颗忧愁的

心里装满了快乐，以及对那不知名的好心人的感激。

时间飞快地流逝。虽然被放逐的精灵们还是常常想家，不过，她们也知道想很快回家是不可能的了。所以，她们就把全部精力都放在了做好事上面，只希望有一天能和老朋友重聚，到那时再和她们分享自己现在拥有的快乐。

一天，小花蕾忽然来到她们面前，说道："听着，亲爱的朋友们，有一个辛苦的工作要拜托你们帮忙完成。对喜欢光明的精灵来说，这是一份苦差事，因为你们要在黑暗、阴冷的地下待整整一个冬天，照顾那些花根，别让虫子咬坏了。等到明媚的春天，当花朵重新舒展的时候，那绚烂的花瓣会给你们创造一个幸福家园。"

"这是一项枯燥乏味的任务，可除了花朵温柔的祝福外，我什么回报也给不了你们。我本来可以和你们一起做这件事，可我的鸟儿朋友们就要飞向温暖的南方了，我必须教小鸟儿学习飞行，把他们安全地送上旅程。紧接着，在整个漫长的冬天，我都要去那些穷苦人的家，去看望生病的孩子和孤独的人。这些事是我必须做的。不过，等到春暖花开的时候，我就会回来找你们，我们就能一起去欢迎从海上归来的候鸟朋友了。"

小精灵们流着泪回答道："哦，好心的小花蕾，你自己担起了最重的任务啊！谁会知道你为这个世界做的一切好事，谁会来给你一点儿回报呢？要是你发生了什么意外，我们的心都会碎的。好吧，就让我们到地下去劳动吧，只要想着你，我们就会愉快地把苦日子熬过去。因为，正是你让我们知道了做好事的快乐和意义啊。是的，亲爱的小花蕾，我们会很高兴地照顾那些花根，让花儿们都穿上最美的外衣来欢迎你回家。"

精灵们搬到深深的地下去住了。在他们的悉心照顾下，无论是严霜还是冷雪，都伤害不到那些花儿。每粒小小的种子都安睡在柔软的泥土底下，每一条柔嫩的花根都被细心地盖在落叶下面，安心地做着五彩缤纷的梦，安全度过冬天，直到南风吹来才起床。小精灵们在保护这些花儿的同时，自己的心灵也变得越来越纯净了。

白雪开始融化，精灵们听到一些很细小的声音，在召唤她们到地面上去。可她们不为所动，继续耐心的工作，一直守候着种子和花根，直到强壮的新芽长出来。这时，精灵们才脚步匆匆地奔向地面。啊！那久违了的山丘和峡谷间，明媚的花儿和嫩绿的树木正在阳光下微笑，挂着繁花的枝条在她们面前垂下来，摇晃着彩色的铃铛，空气中回荡着奇妙的声响。高大的松树向她们伸出粗壮的臂膀，把柔软的松针撒落在她们脚下。

一群群欢乐的鸟儿也来了，喧闹的鸣叫声使树林顿时变得生气勃勃。鸟儿们在葡萄藤蔓间飞来飞去，彼此呼唤，忙着建造自己的小巢。精灵们等啊等啊，终于看到小花蕾和褐羽爸爸一起出现了。他们度过了多么幸福的时光啊！后来，当夏日的花朵全部盛开的时候，小花蕾来邀请精灵们和她一起出行。

大家乘着翅膀艳丽的蝴蝶，飞过森林和草场。终于，精灵们惊喜地发现，自己已经来到精灵王国的花墙外面了。

他们刚刚来到大门前，就遇上了跑出来迎接她们的精灵朋友们。大家一路说说笑笑，走过阳光灿烂的花园，走进了百合花大厅。女王正坐在那金色的花蕊间等着他们，一群目光清澈的小侍女站在两边的绿叶上，向他们微笑着。

沉默了好一会儿之后，小花蕾领着精灵们来到宝座前，说道：

"亲爱的女王，我把您的臣民带回来了。在经历了这么多痛苦和考验之后，她们已经和从前不一样了。现在，您可以为她们感到骄傲，还可以向她们学习怎样为别人创造快乐和幸福。她们在黑暗、寂寞的地下辛苦地工作了整整一个冬天，不求回报地照顾着那些柔弱的花儿。她们还做了许多许多别的好事，帮助了许多不幸的人，却从未为自己的不幸说过一句怨言。现在，花朵对她们的祝福已经被风儿带到了四面八方，没有哪一朵花儿、哪一只鸟儿不想成为她们的朋友，因为正是她们温柔和细心的工作，才让大地变得这样美丽。"

"难道她们还不配您爱护吗，亲爱的女王？难道她们还没有赢得重返家园的权利吗？请说一句宽恕的话吧，您将看到，他们爱戴您的心灵就和他们雪白的长袍一样纯洁无瑕。"

小花蕾这样说着，用手里的花杖碰了碰那些被她的话弄得不知所措的精灵。就在这一瞬间，精灵身上灰暗的破袍子不见了，露出洁白无瑕的百合长袍，在阳光下熠熠生辉。露珠女王双眼满含快乐的泪水，走过来将一顶顶灿烂的花冠戴在了这些精灵们头上，并把恢复了魔力的权杖递到她们手上。

精灵们一起站起身，想要感谢小花蕾，因为她一直那么爱护和关心着她们。可此时，小花蕾已经走了。在高高的、明净的天空上，那小小的身影正骑着蝴蝶飞向寂静的大森林。

只给予别人快乐，却不求任何回报，这个善良的小女孩让整个精灵王国都从她身上学到了许多东西。

"那么，小日光，你有什么故事要讲给我们听呢？"女王一边问，一边望着那个眼睛亮闪闪的小精灵。

"我和亮星一样，只有一支歌可以唱给大家听。"小日光坐在女王脚下一块不起眼的青苔上回答道。然后，和着夜莺甜美的嗓音，她开始唱起来——

Chapter 06

苜蓿花

在夏日的天空底下，

有一片宁静可爱的草场，

葱茏的老树摇曳枝条，

阵阵风儿轻声吟唱。

一条小溪泛着微波

叮叮咚咚一路欢唱，

流云投下的片片影子

在青草的波浪上穿梭。

小鸟儿甜甜的呢喃

飘在芬芳的空气里，

金色阳光一片灿烂，

笼罩着这个美妙乐园。

一群可爱的花朵姐妹

就在这儿幸福绽放，

同在这个美丽的家园，

度过幽静的夏日时光。

没有残酷的手来把她们折磨，

没有凌厉的寒风吹过。

白天，太阳冲她们暖暖地笑；

夜晚，露珠温柔地将她们抚摸。

在清清的溪流边，

在绿绿的树荫中，

花儿们无忧无虑地生活，

伴着日光和微风。

一天清晨，花儿刚刚醒来，

正把芬芳的气息吐露，

一只小爬虫匍匐着靠近，

乞求一间容身的小屋。

"啊！可怜可怜我吧，"小虫儿叹了口气，

"我孤孤单单、又小又瘦，

一片小小花瓣就能把我收留，

亲爱的花儿，我别无他求。

就因为我模样丑，从没得到过

蝴蝶、蜜蜂、鸟儿们的欢心。

他们不知道这个黑色的躯壳里，

隐藏着没人见过的美丽。

请让我躺在青苔床上，

编织一个小小帘帏，

让我睡上长长的一觉，

直到春天第一朵花儿开放。

那时我会穿上更美的衣裳，

带着真心的感激和爱，

来报答你们慷慨的美意。

善良的花儿啊，就让我留下来吧！"

可野玫瑰举起了小小的尖刺，

红脸颊上露出了骄傲的光辉；

紫罗兰藏到了蕨丛底下；

雏菊花背过身去；

小茴草发出轻蔑的笑声，

扭动着自己纤细的腰肢；

风铃草只顾低垂着头，

对涟漪小声说着故事。
一株蓝眼草盯着那只小虫，
在他静静爬动时大叫起来：
"他会咬坏我们娇嫩的花瓣，
所以这个家伙必须离开！"

这时，远远飘来了甜柔的声音：
"可怜的小虫，到我这儿来吧，
太阳温暖着这个寂静的地方，
我愿意和你分享一个家。"
吃惊的花儿们抬头张望，
是谁愿意给小虫一个家？
原来，是一朵苜蓿花轻轻摇曳！
好像在招手欢迎他。
她生长在阳光灿烂的角落，
清风徐徐从这儿吹过，
蜜蜂嗡嗡，蝴蝶翩翩，
都曾在小花儿的心房栖落。
阳光从绿叶间悄悄穿过，
仿佛要永远停在这里，
永远照耀这可爱的小窝，

让他感到十分满意。

她粉红的脸颊挂着微笑，

迎向那无家可归的小虫。

用亲切的声音对他耳语：

"小家伙，欢迎你来我家中。

在我身边的青苔上，

你可以找到一张小床，

你就在那儿等待春天吧，

我的叶子会盖在你身上。

我喜欢你，寂寞的小虫，

虽然你没有好看的外貌，

可你不起眼的身躯里面，

却藏着一颗美丽的心灵。

你再也不会冷清孤寂，

在绿色大地上苦苦寻觅，

因为现在有了一个爱你的朋友，

你可以在我的小屋里休息。"

于是，安静的青苔小床

遮挡住了风雨阳光，

在苜蓿花朵的影子下面，

小虫织好了冬天的棉帐。

首蓿花呵护着沉睡的小虫，

一转眼秋叶都已凋零，

一转眼她的姐妹都已不见，

冬天的寂寞渐渐靠近。

她枯萎的叶片柔柔铺展，

继续守护着小虫的安眠，

最后这朵忠诚的花儿

就躺在了皑皑白雪下面。

春天又来了，花儿们抬起头，

冲出冬天寂静的围墙，

在花茎上快乐舞蹈，

和流水一起歌唱。

暖风轻吻着她们的面颊，

太阳投下明亮的光束，

花儿们一个个排着队，

又回到了夏季的小屋。

小首蓿花再次绽放，

粉红的小花让人陶醉，

她继续守护着青苔小床，

因为小虫还在那儿酣睡。

可她的姐妹却不屑一顾，
摇晃着脑袋在夏风里说道：
"那个丑东西本来无依无靠，
小苜蓿，你干吗要把他照料？
别再看着他了，别再为他离群索居，
竟然和你的姐妹们远离。
来吧，唱歌、跳舞，和我们一起
享受夏日时光的惬意。
我们可怜你，愚蠢的小东西，
竟相信一只笨虫的胡言乱语，
他不会变得更漂亮了，
因为他已经在青苔下面死去。"
可小苜蓿却继续着她的守候，
独自留在阳光小屋，
她对小虫的真诚毫不怀疑，
相信他一定会给她带来惊喜。

最后那小小的茧壳终于打开，
一只亮闪闪的蝴蝶钻了出来，
金色的翅膀在青苔上舒展，

向着晴空高飞起来。

惊讶的花儿都发出高叫：

"苜蓿花，你的等待全都白费，

他不过是来找个睡觉的地方，

如今再也不会返回。"

这些花儿兴高采烈，

看着那只蝴蝶一去不回，

因为美丽蝴蝶的爱情

对一朵花儿非常宝贵。

这些嫉妒者只怕他会留下，

给苜蓿花一个温柔的报答。

所以看到他静静飞去，

她们反而拍手笑哈哈。

小苜蓿花垂下了头，

眼泪像露珠一样落下。

她觉得自己的心已经破碎，

原来姐妹们的话一点儿也不假，

那只孤独可怜的小虫，

不管她为他守护了多长时间，

只要得到金色的翅膀，

就不会再回到她身边。

可当她正悄悄地落泪，
却忽然听见雏菊的惊叫：
"哦，姐妹们，看哪！
我瞧见他在晴空中徘徊。
他从云之国回来了，
带着天上的清香。
快把你们的花瓣打开，
让他选一个最美的新娘。"

野玫瑰脸上红晕更深，
骄傲地摇摆着自己的花茎；
风铃草向透明的水波靠近，
低头打量自己的倒影；
小茴草跳起欢快的舞蹈，
把她白色的裙摆舒展；
雏菊站在朋友的身边，
正在悄悄地为自己许愿；
紫罗兰立在高高的枝头，
抬起温柔的蓝色眼睛
望着夏日的天空下面
闪闪烁烁的那个身影。

她们不再记得那只丑陋的小虫，

曾经被多么轻蔑地赶开。

只是眼巴巴瞧着那只蝴蝶，

盼他和柔风一起到来。

那个灿烂的身影越来越近，

百花也散发出更浓的芳香。

每朵花都用最甜的嗓音欢迎他，

为他献出自己的露珠和蜜糖。

她们招手、呼唤、微笑，可全是徒劳，

不管她们的衣裙摇曳得多欢，

那个亮闪闪的身影却

掠过了雏菊、玫瑰和紫罗兰。

他轻轻飞向了那朵真诚的小花

为他留下的可爱房间，

收起明亮的羽翼，

柔柔地落在苜蓿花胸前。

"亲爱的花儿，"蝴蝶喃喃低语，

"你为我守候了一年四季，

现在我来了，你的心房里

将装满我忠诚的爱意。

是你给了孤单的我关心和爱，

一直对我无微不至。

现在我要回报给你

那只小虫无法表达的感激。

阳光微风会陪伴着你，

还有最最清凉的露水，

你会得到花朵梦想的一切，

因为你本来就当之无愧。

你和可怜虫分享的小窝，

将会变成蝴蝶的宫殿。

亲爱的花儿啊，你会看到

我将是你最深情的伙伴。"

从此，在漫长明亮的夏日，

无数阳光和风雨里，

蝴蝶和苜蓿花

就幸福地生活在一起。

"啊，真是太可爱了！"精灵们喊着。当小日光唱完她的歌曲，大家立刻围了上去，为她戴上一个花冠作为奖励。

"现在，"女王说道，"让月光和夏风到这儿来吧。她们在漫长的旅行中，一定见到了不少有趣的事情，就让她俩给大家说一说吧。"

"我们求之不得，亲爱的女王。"两个小精灵说着，飞落在女王的身旁。

"那么，夏风，"月光说道，"在你讲故事之前，先给我扇会儿风吧，让我先给大家讲个故事。"

Chapter 07
小安妮的梦

在一个可爱的大花园里，小安妮正一个人孤零零地坐着。她看上去非常伤心，大滴大滴的水珠落在她身边的花朵上。那可不是露水。花儿们惊奇地仰起头望着她，然后把枝干靠得离她更加近了，仿佛想要安慰她，让她快活起来似的。暖风卷起她闪亮的发丝，轻轻吻着她的脸蛋。太阳也垂下和善的目光，在她的眼泪上照出一道小小的彩虹。可是安妮既没有注意太阳，也没有注意风和花朵，她那亮晶晶的眼泪不停滴落下来。她完全沉浸在自己的悲伤之中了。

"小安妮，告诉我，你为什么哭啊？"一个微弱的声音在安妮耳边响起。安妮抬起头来，发现一个小小的身影正站在一片葡萄叶下，一张可爱的面孔正冲她微笑，亮闪闪的小翅膀和浅色卷发低垂在背上，一袭明亮的白色长袍正随风飘扬。

"可爱的小家伙，你是谁呀？"安妮喊着，洒满泪花的脸上露出了一个微笑。

"我是一个精灵，是个女孩子，是来帮助和安慰你的。现在告诉我，你为什么哭？让我们做个好朋友吧。"那个精灵说着，笑得更甜了，还友好地看着安妮惊讶的脸庞。

"你真的是一个，那种……小精灵，就像我在故事书里看到的那样？你骑在蝴蝶上，睡在花朵里，住在云彩间？"

"是的，这些事情我都做过。还有许多更有趣的事情，你的故事书里恐怕永远都不会写出来呢。不过现在，亲爱的安妮，"小精灵走近一步说道，"告诉我，你的脸上为什么挂着这么多乌云呢？为什么会有那么多眼泪落在花儿上，为什么你独自坐着，连小鸟和蜜蜂的呼唤都不理睬？"

"哦，要是我告诉了你，你就不会再理我了。"安妮说着，眼泪又落了下来，"我不开心，是因为我不够乖。我怎样才能变成一个有耐心、有礼貌的孩子呢？好心的小精灵，你能教教我吗？"

"我很愿意教你，安妮。要是你真的想变成一个幸福的孩子，你要学的东西可多了。不过，我会给你一朵精灵花，它会帮你克服困难的。靠近些，让我把它放在你胸口上，今后就没有人能把它从那儿拿走了，除非我收回那上面的魔力。"

说着，小精灵从怀里拿出一朵可爱的花儿来。那雪白的花瓣上，闪烁着一种奇异柔和的光芒。"这就是精灵花，"小精灵说道，"除了你，谁也看不见它。现在我来告诉你怎么用吧，安妮。当你心里充满了善良的思想，或是做了什么好事，这朵花就会开得更加美丽，散发出更多香气。可如果你说了什么刻薄的话，或者你心里有了自私、愤怒的想法，或是做什么残忍的事情，你就会听到这朵花发出的低低的钟鸣声。留意它的警告，尽量不要做错事，这样你就一定可以变成快乐的好孩子。"

"哦，善良、慷慨的小精灵啊，我该怎么回报这样一件可爱的礼物呢！"安妮喊道，"我一定会时时刻刻留心，不让我的小花钟敲响的。可我以后就不能再见到你了吗？啊！要是你能留下该多好啊，那我肯定会学得更快的。"

"我不能留下来，小安妮，"精灵说道，"不过等到明年春天，我还会再来的，来看看精灵的礼物是不是起了作用。那么，现在就告别吧。亲爱的女孩，照顾好你自己，那魔力花朵就永远也不会枯萎了。"

这个温柔的精灵拥抱了安妮的脖颈，在她的脸颊上轻轻吻了一下，然后就展开亮闪闪的翅膀，唱着歌飞上了白云飘飘的天际。

小安妮依然坐在花园里，注视着自己胸口那朵闪亮的精灵花，只觉得又惊又喜。

美妙的春日和夏日一天天过去了。在小安妮的花园里面，秋日的菊花、葵花、兰花正在各个角落争奇斗艳。可那朵精灵花，本该是这些花朵中最美的，如今却在她的胸前低垂着苍白的花瓣。它的香气似乎都消失了，那低低的钟鸣却时时在小安妮耳边响起。

刚刚得到这个礼物的时候，安妮非常快活，并且在一段时间里，她一直都很在意这朵花的警告，常常用做好事来让花香更加浓郁。那时候，就像精灵说的一样，她觉得很快乐。因为

那花儿总是在她胸前闪亮，散发出甜甜的奇香。可她抵挡不住那么多自私念头的诱惑，还时不时说上一两句刻薄的话。结果，那朵花就渐渐失去了光泽，花钟的警告声不断响起。可安妮却快要把她最初的决心忘光了，又变回了那个任性、不开心的小孩子。

最后，她对那朵花儿不断的警告感到厌烦起来，甚至想要把它从自己胸口上拿掉。可是，精灵的魔力让它牢固地长在了那里，而安妮所有的怒气只不过让它响得更大声而已。于是，她干脆不再理会那个在自己耳边嗡嗡作响的声音了，结果变得一天比一天更加不开心、不满意、不友好了。秋天来临的时候，她并没有因为善良精灵的礼物而变得更好，反倒盼望着春天快点到来，好趁早把那朵花还给精灵。因为现如今那不断回荡在耳边的恼人声音，已经让她快要忍受不了啦。

一个晴朗的早晨，清风吹拂，万里无云。小安妮在花丛里漫步，在每朵花下仔细搜寻，希望可以找到那个精灵，让她把魔力花朵从自己的胸口上拿掉。她找遍了每片枯萎的花瓣，翻开了每个带露的花萼，可是一无所获，连一个小小的精灵都没找到。她只好失望地转过身，自言自语道："我要去原野和树林中找她，我再也不想听到那个讨厌的声音了，再也不想戴着这朵破花了。"她真的去找了。在她经过的地方，长草沙沙作响，小鸟从巢里探出头来。野花在风中轻盈摇摆，张开芬芳的花瓣欢迎嗡嗡的蜜蜂，而蝴蝶们则像飞舞的花儿，在阳光下闪烁个不停。

小安妮寻啊，找啊，向所有的小生灵询问，是不是见过那些小精灵。鸟儿用温柔的亮眼睛看看她，继续唱着歌；花儿默默地在花茎上点头，一言不发；蝴蝶和蜜蜂纷纷飞走了，一个是因为太悠闲，一个是因为太忙碌。结果，谁也没停下来回答她的问题。

她来到谷物成熟的辽阔田野上，走进像金色森林一样的麦穗之中。在那里，蟋蟀鸣唱，蚱蜢蹦跳，蚂蚁忙着搬运谷粒。同样，谁也没法回答她的那个问题。

"我要去山上，"安妮说道，"她也许在那里。"她在青青的山冈间爬上爬下，徒劳地找啊，喊啊，可没有一个精灵回答她。后来她又去了河边，去问那些嬉戏的蜻蜓和洁白的百合花，精灵有没有来过。可是，浅蓝的水波拍打着她脚下的白沙滩，回答她的只是一片沉默。

小安妮又去了大森林。她从幽深的小径上走过，林中的野花向她微笑，快活的小松鼠在枝头蹦蹦跳跳，还好奇地望着她，小鸽子向她温柔地咕咕直叫，可还是没人能回答她的问题。最后，小安妮觉得累了、倦了，就坐在蕨丛中间一边嚼着红通通的野草莓，一边望着落日旁绯红的晚霞抛洒的光辉。

晚风从树枝间沙沙吹过，轻轻推着花儿的摇篮。林鸟哼唱着晚间的赞美诗，森林中的一切都静谧下来。紫色的霞光越来越暗淡，小安妮的头也垂得越来越低了。高大的蕨丛倾下身，为她遮挡着露水，松林为她奏出了一支柔和的催眠曲。秋天的月儿升起来了，用银色的光芒抚摸着这个小女孩。小安妮就在这个幽寂的大森林里枕着青苔，躺在野花上睡着了。

在这长长的夜里，她一直在寻找的精灵其实就站在她的身边，用魔法守护着她，为沉睡中的女孩送去了一个梦。

小安妮梦见，自己就像平时一样坐在自家花园里，心里很不痛快，不住地抱怨着。精灵花正在嗡嗡作响，可她根本不在乎，依旧沉浸在自己的烦恼之中。就在这时，她忽然听见一个低低的声音在她耳边说道："小安妮，看看你心里的那些念头有多糟糕吧。我会让它们在你的眼前现身，这样你就会明白，它们将会变成多么巨大的怪物了。"

安妮立刻惊恐地发现，她刚刚说出来的那些抱怨的话，变成了一群模糊、丑陋的影像，而且每一个的样子都不同。那面孔扭曲、两眼喷火的家伙，是愤怒；那灰灰暗暗、把长长的手臂伸得老远去抓每一件东西的家伙，显然是自私；那穿着影子长袍的家伙，是骄傲，它们把鼻子翘得老高，根本不屑于理睬任何人。这些幽灵全都是从小安妮身上钻出来的，而且越聚越多，纷纷跳到她眼前。

开始，她还觉得它们小得可怜，但是它们很快就迎风伸展开了身体，一个个变得比她还要高大。她没办法把它们从自己眼前赶走，只能眼睁睁地看着它们越长越大，越变越黑，越来越丑。它们投下的影子向四面八方伸去，遮住了阳光，压扁了花朵，把所有可爱的东西都挤到了人们看不见的地方。接着，安妮看见一堵又高又黑的墙壁，在她身边慢慢地向上膨胀，好像要把她喜爱的一切都关在墙外。她吓得动弹不了，连一句话也说不出，只能呆呆地坐在那儿，心惊胆战地望着那些在头顶飘飞的怪物。

阴森的墙壁越升越高，她身旁的花儿渐渐枯萎，阳光徘徊着暗淡了下去。最后，一切都消失了，只留下她孤零零一个人，待在那死气沉沉的高墙后面。幽灵们把她夹在中间，在她耳边嘀咕着一些奇怪的咒语，要她服从它们的命令，因为她已经心甘情愿地让它们住在自己身上，所以现在她必须成为它们的奴隶。终于，她再也忍不住，一头倒在枯萎的花瓣上，失声痛哭起来。她哭啊，哭啊，想着自己失去的自由和快乐，越哭越伤心。就在这时，在一片黑暗中，忽然亮起了一道微弱柔和的光芒。她一低头，看到了自己胸前的精灵花朵，那雪白的花瓣正好接住了她闪闪发光的眼泪。

只见那精灵花朵的光辉越变越亮，最后逼得邪恶的幽灵们都躲到了高墙的阴影之中，把小女孩一个人留了下来。

精灵花朵发出的光辉和芬芳给了小安妮新的勇气。她站了起来，说道："亲爱的花儿啊，现在只有你能帮我啦，我会听你的话，你就把我带出去吧。"

这时，她梦中的那些幽灵又悄悄靠了过来。要不是那朵花儿发出的光芒，它们肯定会把她拉回到死亡的阴影下的。她拼命挣脱开来，眼泪一次次因为恐惧和痛苦流了下来。奇妙的是，那朵魔力花朵变得越来越明亮了，当幽灵们向后退去时，它散发出的香气更浓郁了。与此同时，在阴森森的高墙上，几株绿油油的葡萄藤悄悄生长出来，茂盛的叶片和美丽的花蕾把坚硬粗糙的砖头覆盖得严严实实。不久，当花朵盛开的时候，墙壁一点点碎裂开来。小安妮心里涌出了新的希望，更加努力地为花儿松土、浇水。渐渐地，那些邪恶的幽灵不见了，在它们原来躲藏的地方，出现了一些明亮的身影。它们的目光和善，嘴唇上挂着微笑。当它们聚集在小安妮的身边时，她觉得无比快乐。她的心里一旦有了光明的思想，黑暗就不再可怕了。终于，那阴郁的围墙彻底倒塌了，迅速被芬芳的花朵覆盖起来。安妮跨过绿色的墙根，再次走到光明的世界里。精灵花朵再也不是那副苍白、枯萎的模样了，耀眼得就像挂在小安妮胸膛上的一颗明亮的星星。

这时，那低低的声音再一次在沉睡的安妮耳边响起："那些丑陋的黑暗幽灵已经离开了你，你可要提防它们再乘虚而入啊。千万别让它们毁了你的生活，挡住了爱的快乐。要记住这个梦哦，亲爱的孩子，让你的心灵成为一个住着光明精灵的地方吧。"

就在这声音还在耳边回荡时，小安妮醒来了，意识到自己做了一场梦。可这个梦是多么真切啊！她独自坐在那儿，沐浴着粉红的晨光，注视着万物复苏的森林，回忆着那些奇怪的身影。最后，她低下头，看了看自己胸口上的花朵。她暗暗下定决心，要像自己在梦里所做的那样，让这朵花儿焕发出美丽的光彩来。恰在此时，那朵花儿也抬起了头，充满期待地望着小主人，散发出一阵奇妙的香气，作为对她这个美好想法的回应。

与此同时，森林里已经一片喧闹。鸟儿们在枝权间快活地跳来跳去，树叶和花朵都朝太阳伸出了小手，而太阳正微笑着从地平线上慢慢升起。带着一颗快乐的心，小安妮走出森林，穿过带露的原野，向着自己的家园跑去。

一转眼，花儿都谢了，黄叶遍地，光秃秃的树枝间寒风呼啸而过。紧接着，冰凉的雪花落了下来。屋外的一切都变得冷冷清清了，可小安妮胸前的精灵花朵却开得正艳。她从没有忘记过那个森林里的梦，这次她真的信守了诺言。花钟再也没有响起过，而那浓郁的芳香和柔和的光辉再也没有消失过。

在整个漫长、寒冷的冬季里，小安妮就像是家里一束温暖的阳光，每天她都得到身边的朋友更多的喜爱，她也感到越来越快乐。

当这个孩子越变越可爱的时候，精灵花朵也越来越美丽了。终于，春天再次向大地露出了微笑，唤醒了花朵，融化了小溪，迎回了鸟儿。这时候，幸福的女孩子每天都坐在花园里，等待着那位好心精灵的出现。她多想快些把魔力花朵带来的奇迹，都说给那个精灵听啊！

这天，安妮正坐在一个阳光灿烂的角落里，为花儿们唱歌。突然，她惊喜地发现有一朵花儿就要开放了。当她弯下腰仔细去看那微微绽开的花瓣时，一张微笑着的脸庞从花芯里露了出来。一眨眼，她一直在寻找的那位可爱精灵，就已经站在了她眼前。

"亲爱的安妮，其实你不用寻找我，因为我一直就在你身边啊。"精灵一边说着，一边拥抱这个快乐的孩子。

"现在，我从精灵王国给你带来了另一个礼物，亲爱的孩子。"她说着，用魔杖碰了碰安妮，叫她静静地去看自己的花园。

刹那间，安妮眼前的世界完全改变了。空中响起了甜美的声音，她的眼前出现了无数可爱的身影。在每一朵花上，都坐着一个面带微笑的小精灵。她们一边随着花丛摇曳，一边唱着快乐的歌。还有一些透明得像空气一样的精灵，乘着微风来到她的面前，在她的脸颊上留下凉爽的亲吻，在她的长发上轻轻地荡着秋千。还有一些精灵敲起了串串花铃，在绿叶间打起了欢快的拍子。喷泉溅出的每一颗闪亮的水珠上，也都有一个笑嘻嘻的小精灵。她们在清凉的水波中游戏，一边唱着歌，一边把亮晶晶的露水洒到花儿身上。高大的树木在风中演奏着优雅深沉的曲子，摇曳的小草在树下发出轻轻的合鸣。蝴蝶在她耳边讲着童话故事，小鸟用特别柔美的声音，唱出了许多她从不知道的事。她做梦也没想到，大地和天空会有这么美丽。

"哦，告诉我，这到底是怎么回事，亲爱的精灵！这是不是另一个梦，可爱的梦？还是这世界原本就是这么美丽？"她一边喊着，一边把惊喜的目光投向那位精灵，而这位精灵此时就躺在女孩胸口的那朵花儿上。

"这不是梦，亲爱的孩子，"精灵回答，"很少有人能得到我们送的这份礼物。你看到的这一切美景，对别人来说，只不过是个普通的美好夏日。因为他们听不懂蝴蝶、鸟儿和花朵的语言，也看不到藏在大自然里的魔法生灵。现在这些可爱的生灵都是你的朋友了，会陪你度过许多愉快的日子，教给你许多有趣的事情。你瞧，这个曾经被你悲伤的眼泪打湿的花园，现在又因为你的快乐而闪闪发光了。现在，你已经是一个懂得热爱生活的孩子了，所以你胸前的花儿永远也不会凋谢。好了，亲爱的安妮，我必须走了。每当春暖花开的时候，我还会回来，再给你带来精灵的礼物。好好守护你的精灵花朵，让我每一次来到时，都能看到它开放得更加艳丽。"

说着，好心的精灵挥一挥手，就飞上了碧蓝的晴空。她一直对女孩微笑着，直到她的身影消失在柔软的白云后面。小安妮独自站在她的魔法花园里，这里的一切依然光辉四射，而她的精灵花朵则热烈地散发着浸透万物的芳香。

月光的故事说完了。夏风放下手里的花瓣扇子，靠在她的橡果壳躺椅上，开始讲述——

Chapter 08

芮波儿的故事

在深深的蓝色大海里，住着一个快乐的水精灵芮波儿。她整天不是在珊瑚拱门下跳舞，就是编织美丽的海葵花环，要不就在阳光下晶莹闪烁的海浪间游来游去。不过，她最喜欢的还是躺在沙滩上的五色贝壳里，倾听海潮奏出低沉、朦胧的古老音乐。她还常常躺在这儿，看着头顶的天空和身旁的大海，自得其乐地哼唱一些没人能听懂的歌谣。

可当暴风雨袭来的时候，她就只能匆匆离开这一切，回到狂暴的巨浪底下那宁静无边的海底，和她的精灵姐妹们一起等待坏天气赶紧过去。与此同时，她们常常会悲伤地听见，从海面上传来无助的哭叫声。那些被巨浪卷到海水里的不幸的人，很快就会变得冷冰冰的，沉到精灵们可爱的家园里。那时，她们除了对着这些没有生气的躯体洒一些清泪，就是将他们安葬在安静的海底坟墓里。她们在那儿种上海草，把珍珠撒在沙子上。

这是唯一一件让芮波儿不开心的事。她常常会想到岸上的人类，他们曾经爱过的朋友现在却躺在了阴暗、寂寞的珊瑚坟墓里，他们该有多伤心啊！要是她能够救回这些死者的生命，那就好了。可是，大海的威力要比住在海底的精灵们的魔力大得多。所以，她常常因为自己的无能为力而哭泣，虽然她已经将那些溺水者埋葬到了海浪无法伤害到的地方。

一天，一场可怕极了的大风暴席卷了宽广的海面，乌云一样的波浪在精灵们的头顶上翻滚，狂风呼啸着飞奔而过。这时，从冒着泡沫的浪涛中沉下来一个小小的孩子。他闭着眼睛，就像睡着了一样。他苍白、冰冷的脸颊旁边，漂着海草一样柔软的长发，小小的拳头里还紧紧攥着刚从沙滩上收集来的小贝壳。他一定就是在那时被海浪卷到海底的。

精灵们含泪将这个小小的躯体安置在了花朵铺成的床上，为他唱悲伤的挽歌，好像这样就可以让他睡得更加安宁一样。她们久久地注视着这张可爱的脸庞，直到风暴平息，一切再度恢复宁静。

直到这时，芮波儿还在为这个孩子唱着歌。突然，一个悲痛的呼喊声乘着波涛从远处传到了她耳边，这声音听上去像是在呼救。她仔细地听着，本以为那只是姐妹们歌声的回音，可在音乐声上面的某个地方，却清晰地回响着悲哀至极的哭泣声。

于是，她悄悄地离开海底，独自穿过水泡和飞沫来到了海面上。阳光透过乌云的缝隙，从宁静的天空照射到海面上。她循着那悲伤的声音，一路游去。最后，芮波儿在海岸上看到一个妇女，正高举着手臂，用嘶哑的声音哀求无情的大海把她的孩子还给自己。可是，海浪只是在她脚下的岩石上喷吐着泡沫，把冰冷的水花和她的泪水混合在一起，却并不理睬她的哀求。

芮波儿一看到这位伤心的母亲，就忍不住想给她一些安慰。她大胆地游向岸边，向那位跪在沙滩上的女人走过去，轻轻地告诉她，她的孩子正躺在海底美丽安详的地方，在温柔的小手编织的花环底下安睡。可那位泪珠涟涟的母亲听了这些话，却只是哭道："亲爱的精灵，你能把我那个被大海吞没的孩子，再活生生地、完好无损地还给我吗？啊，如果你不能，就让我和他一起躺到那冰冷无情的海底去吧。"

"要是我能做到这一点，我就是这世界上最幸福的精灵了。

唉，我的魔力太小了啊。不过别伤心，我会到海洋和陆地上寻求帮助，我想总有一些朋友能帮你实现愿望的。请你每天到这片沙滩上来等我，如果我没有来，那就是说我还在努力实现诺言。再见，不幸的妈妈，只要精灵的魔力可以把你的孩子带回来，你就一定能够再见到他。"说完这番话，芮波儿跳进了大海里。那个母亲含泪目送她，直到她的珠冠消失在翻滚的浪花里。

芮波儿一回到海底，就匆匆地赶到宫殿里见女王。她对女王讲了那个孩子的故事，还说了她向那位不幸的母亲做出的承诺。

"好心的小芮波儿，"女王听完她的话后说道，"你的诺言恐怕永远也兑现不了。因为海底精灵的魔力不可能让那个孩子复活，而你也根本不可能靠近火精灵的房子，而只有从她们那儿，才可以取回给这孩子带来生命温暖的火焰。我也同情那个可怜的母亲，很想帮助她。可是，天啊！我只是个和你一样的水精灵，我实在是有心无力啊。"

"啊，亲爱的女王！如果你看到她伤心的样子，你也会和我一样安慰她的。我不能让她白白地等我，绝不能，我非得做些什么才行。告诉我火精灵住在哪儿吧，我要去找她们，求她们给我一束可以带给那孩子生命、带给那母亲快乐的火焰，告诉我怎么去吧。"

"这条路很远很远，在高高的太阳上面，从没有精灵敢去那儿冒险。"女王回答道，"我也说不准确切的方向，因为就在那广阔的空中。亲爱的芮波儿，不要去啊！你是不可能找到那个遥远之国的，路途上有太多危险！如果我们失去了你，我们最温柔、善良的小精灵，以后的日子我们可怎么过下去？留在你可爱的家里，和我们待在一起吧。你要记住，我绝不会让你去冒险的。"

可是芮波儿不愿就这样违背自己的承诺，她继续恳求女王，说了一大堆情真意切的话。最后，女王只好伤心地点点头，答应了她的请求。

芮波儿高兴地准备出发，她和她的精灵姐妹用精巧透明的彩色贝壳，为那个孩子建造了一个小小的墓穴，让他躺在里面等待她的归来。她托姐妹们好好照看那个孩子，然后向大家挥手道别，勇敢地升上海面，踏上了未知的漫长旅途。

"我会走遍整个世界，直到寻找到那条通向太阳的路，也许会有好心的朋友愿意把我带上去吧。哦，天啊！要是我有翅膀的话，就可以像穿越大海一样，穿越那蓝色的天空了。"芮波儿一边自言自语，一边蹦蹦跳跳地踩着浪尖，敏捷地向遥远的海岸靠拢过去。

她在没有道路的大海上，孤孤单单地走了许久。白色的海鸟们偶尔会飞过来，把宽阔的羽翼在她身旁的海浪上轻轻地点一下，然后悄然无声地离去。有时，还有一些巨大的轮船会开过来。小精灵总是好奇地盯着那些从轮船上往下张望的面孔，这是一些看起来很友善的人类。她高兴地向他们打招呼，想和他们交朋友。可是，他们听不懂精灵美好的语言，也看不到正冲他们微笑的精灵。在他们眼里，她透明的蓝袍子就像是海浪，她头上的珠冠就像是闪光的泡沫。就这样，她只能为他们祝福，然后悄悄地从旁边游过去，继续她的旅行了。

终于，她看到了绿色的山丘。海潮轻轻地把她推上岸，在白色的沙滩上留下道道弯弯曲曲的印记，就又回到大海去了。就这样，芮波儿独自站在了这个可爱的地方。

"哦，这地方多可爱啊！"芮波儿说着，朝阳光明媚的溪谷走去。溪谷里，花朵正吐露芬芳，嫩叶正在树上沙沙作响。

"你们为什么都这样快乐呢，亲爱的小鸟？"听到鸟儿欢快的歌声从四面传来，她不禁好奇地问道，"是不是大地上正在举办什么宴会，所以一切才这么亮堂堂的，才这么美？"

"难道你不知道春天要来了吗？几天前，暖风送来了消息。我们正在排练最好听的歌曲，准备好好迎接她的到来。"云雀说着，一边在天空中盘旋，一边让银色的音符从小小的嘴巴里喷涌而出。

"那我可以见到她吗，紫罗兰？她会到大地上来吗？"芮波儿又问花朵。

"是啊，你很快就会见到她的。阳光对我说，她已经走近了。我都等不及了，我要告诉她，我们有多想念她，是多么急切地盼着她回来。"蓝色的花儿说着，一边向精灵点头微笑，一边在花茎上跳起了欢乐的舞蹈。

"我要问一问春天，火精灵住在哪儿。她每年都要走遍大地，一定知道那条通向天上的路在何方。"芮波儿一边往前走，一边想道。

不一会儿，她就看见春天带着微笑向这儿飞来了。阳光和微风在前面为她引路，她洁白的长袍上缀满了花朵，头戴一圈圈花环。这个美丽的季节一路唱着歌，一路播撒着草籽，来到了芮波儿身边。

"亲爱的春天，你愿意听听一个小精灵的故事，帮她找到火精灵的家吗？"芮波儿呼喊道。接着，她把一切都告诉了春天。

"火精灵的家离这儿很远很远，我也不知道确切的方向。不过，夏天就跟在我身后，"春天说道，"她也许知道得比我多。

而我，会给你一阵微风，让你乘上它去旅行。它不会疲倦也不会迷路，你可以乘着它，轻松地飞越陆地和海洋。再会吧，小精灵！我很愿意再多为你做些什么，可到处都有召唤我的声音，我不能停留啊。"

"万分感谢，亲爱的春天！"芮波儿乘在微风上喊道，"请给坐在海边等我的那位妈妈送个信，告诉她，我没有忘记承诺，我会很快回去见她的。"

春天带着阳光和鲜花飞走了。芮波儿乘着风，轻盈地越过了山丘和溪谷，一直来到夏天停留的地方。暖洋洋的阳光照耀着早熟的果实，阵阵清风在弥漫着草香的原野上吹拂着，掠过森林中浓绿的叶片，留下了一串簌簌的声响。

"现在我必须找到夏天。"芮波儿说道，慢慢地在晴空中盘旋着。

"我在这儿，你找我有事吗，小精灵？"一个音乐般的声音在她耳边响起。她转过脸，看见一个优美的身影就在身旁飞行，温和地看着自己。夏天身上的翠绿袍子在风中飘扬，头上戴的金冠发出奇异的光辉，把大地照耀得又温暖又明亮。

芮波儿向夏天讲述了那个孩子的故事，并请求她给自己指路。可是，夏天却回答道："我和我的妹妹春天一样，对你要找的那个地方一无所知。不过，我也要送一件礼物，来帮你找到火精灵的家。把我金冠上的这束日光拿去吧，它会为你照亮阴霾密布的道路。再会吧！我在世界上旅行的时候，会替你给那个站在海边的母亲捎去口信的。"

夏天说着，留下那束日光，向远方的山谷飞去了。在她身后，是一路的光明和绿荫。

芮波儿再次踏上了旅程。在前方的大地上，一片片金灿灿的麦浪在阳光下熠熠生辉，嘹亮的丰收歌从果园和农场传向四面八方，高高的晴空万里无云，紫色的葡萄在绿叶间闪闪发光，盛装的树木像花环般绚丽。端庄的秋天正戴着红叶和麦穗编织的花环，穿着紫色的披风，从容地微笑着，一边在金黄色的玉米田里漫步，一边把华贵的礼物抛撒在路上。

然而，这个季节也像她的妹妹们一样，没办法给芮波儿一个满意的答案。不过，在送给小精灵一片金色落叶之后，秋天说道："去问冬天吧，小芮波儿。他和那些火精灵是老朋友了，因为她们常常在冬天来临时飞向大地，温暖和安慰那些地上的生灵。也许冬天会知道她们住在哪里。拿着我的这件礼物吧，如果你碰上了冬天那冷酷的风暴，只要把这片叶子盖在身上，就不会感到寒冷了。我会和妹妹们一样，为那个忍受着痛苦的母亲送去安慰的，并且告诉她，你还在继续努力。"

于是，芮波儿乘着那永不疲倦的微风，再次穿过森林、山岭、原野，直到天空渐渐阴沉下来，冷飕飕的风发出阵阵哀鸣。小精灵连忙裹上那片柔软而温暖的叶子，凝望着白色雪衣下寂静的大地，不禁为那些挨冻的花草难过起来。小小的水精灵并不知道，冬天已经用他的白袍子把这些植物的床保护起来了，所有植物正在地下做着好梦，等待着春天再次将它们唤醒。就在水精灵的心里充满哀伤地继续前进的时候，冬天驾着强劲的北风，一路猛冲过来。他飘扬的头发上戴着亮闪闪的冰冠，猩红色的斗篷上绣着银色的霜花。他频频抖动斗篷，纷纷扬扬的雪花顿时向四面八方飘去。

"你找我有什么事吗，可爱的小精灵？你怎么跑到我的冰雪王国里来了？别怕，我虽然外表冷酷，可有一副热心肠。"冬天和蔼地望着她，脸上露出慈祥的笑容，就像冰天雪地里射出的一束阳光。

芮波儿向他道出了来意。冬天指着一片浓云中透出的光亮说道："在那遥远的地方，在太阳的旁边，就是火精灵的家园。通往那里的唯一一条路，就是穿过那片云雾。可这对一个孤单的小精灵来说，是一条漫长而危险的道路。因为火精灵都是些任性的小东西，她们玩的游戏可能会伤害你。你还是和我一起走吧，别到那个不安全的天上去了，我很高兴邀请你到我家做客，只要你愿意。"

可芮波儿说道："我不能跟你一起回去，我已经快到达目的地了。我相信，只要那些火精灵知道我去找她们的原因，她们就不会伤害我了。要是我能求得一小片火焰，那我就是大海

里最幸福的精灵了。因为这样，我就实现了自己的诺言，而那个可怜的妈妈也能再次见到孩子了。所以，再会了，冬天！给那个妈妈捎一句温暖的话儿吧，告诉她别放弃希望，我一定会回去的。"

"一路平安，小芮波儿！愿天使保佑你！勇敢前进吧，拿着这片永不消融的雪花，这是我的一点儿心意。"冬天大声说道，驾着北风离去了，在身后留下了漫天的白雪。

"亲爱的风，"芮波儿说道，"飞向那片天空吧。我们会找到那个地方的。日光会给我们照亮道路，金色的落叶会为我挡雨遮阳，而那雪花肯定也会有用处。那么，就让我们和大地道别吧，我们还会回来的。现在，向着太阳，出发！"

这是芮波儿第一次在这么高的空中旅行。四周是一片沉寂的黑暗，阴郁的云层像重重山峦将她包围，寒冷的雾气到处弥漫。然而，那束日光就像一颗星辰，照耀着前方的道路；金黄的落叶暖暖地包裹着她；那永不疲倦的风，更是一路飞奔向上。她们越飞越高，天空也变得越来越暗，湿漉漉的雾霭越来越浓，乌云翻卷着，就像巨浪一样涌动不停。"啊！"芮波儿感到自己越来越虚弱，她叹息道，"我是不是再也见不到光明了？我是不是再也触摸不到暖风了？这真的是可怕的旅途，如果没有一年四季的礼物，我可能早就死了。可再厚的云层，也一定可以穿过去，一切都会好起来的。再快些吧，好风，快快带我飞到那旅途的尽头去吧。"

不久，冰冷的水汽渐渐散去，阳光再次照耀在她身上。她满心欢喜地继续前行，很快就来到了群星中间，那里的景象让她惊奇不已。望着这个奇妙的天上世界，她想起自己曾经在海上看到的那片遥远而幽暗的星空。现在，所有的星星就在她身边飞来飞去，有的放射着柔和的光芒，有的萦绕着灿烂的彩环，还有的喷吐着红色的烈焰。芮波儿兴致勃勃地看着它们，仿佛它们在用一种轻柔的声音呼唤她，仿佛那些旋转着经过她身旁的星星，都是一张张可爱的面孔。她继续往上飞去。终于，她看到太阳了！在远方缥缈的云雾后面，太阳就像一颗红通通的浆果，正放射出玫瑰色的光辉。

"火精灵一定就住在那儿，我得赶快去找她们。"芮波儿说道，更加坚定地往前飞去。不一会儿，她的眼前就出现了一条宽阔明亮的道路。这条路一直通向一道金色拱门，一些小小的身影正在那儿晃来晃去。她越靠近那里，天空就变得越耀眼，空气也变得越来越灼热，把芮波儿的落叶外套烤得都打卷儿了。当这件斗篷再也挡不住令人窒息的炽热时，那片白雪花就舒展开来，变成了一件柔软清凉的斗篷，披在了她的身上。就这样，她高高兴兴地走进了发光的拱门。

透过层层红色云雾，芮波儿看见一堵堵光芒四射的高墙，橙色、蓝色、紫罗兰色的火焰在墙上摇来摆去，变幻出千奇百怪的形状。许多戴着火焰花冠、眼睛熠熠闪光的小精灵正在拱门下跑来跑去。她们一说话，嘴里就会喷出一串串火花。最让芮波儿惊奇的是，透过那用透明光线编织的外套，她看到在每一个小精灵的胸膛中都燃烧着一朵火焰。这火焰似乎是永恒不变的，既不晃动，也不熄灭。

精灵们看见芮波儿，便三三两两地聚集过来。要不是芮波儿披着雪花斗篷，精灵们散发出的热量一定会把她烤焦的。她对火精灵说道："请带我去见你们的女王，我要告诉她我到这儿来的原因。"

精灵们带着她，穿过跳动着无数彩色火苗的长长走廊，来到一个最美丽的火精灵面前。她的火焰王冠就像金色羽毛一样在头上摇曳，在紫罗兰色长袍的映衬下，那胸膛里的火焰格外明亮。

"她就是我们的女王。"精灵们说道，向她鞠躬致敬。女王用亮闪闪的眼睛打量着眼前的陌生客人。

芮波儿开始向她讲述自己的经历，告诉她，为了寻找她们，自己是如何游遍这个世界，又是如何得到了四个季节的帮助，得到了日光、微风、落叶和雪花四件礼物。最后她表示，自己历尽重重危险来到这里，就是想得到能够救活那个孩子的魔力火焰。

当她讲述自己经历的时候，精灵们小声而热烈地议论起来，伴随着她们的每句话，无数耀眼的火花喷溅出来。最后，火精灵女王高声说道："我们不能把你想要的火焰送给你，因为它就燃烧在我们的胸膛里，它燃烧得越明亮，我们也就越美丽，所以我们不能把它送给别人。除了这个，我们可以给你任何你想要的东西，因为我们都很喜欢你。"

可除了这个，芮波儿什么也不需要。她忍不住伤心地哭了起来，苦苦哀求精灵们别让她就这样徒劳而返。

"哦，亲爱的、热心肠的精灵啊！就从你们的胸膛里分给我一点点火焰吧，你们的心肯定会因为做了这件好事而变得更明亮。只要我能做到，我会为你们做任何事情，作为对你们的报答。"这时，女王注意到芮波儿佩戴的一条宝石项链，于是回答道，"要是你可以把这串漂亮的宝石送给我，我就可以送一点儿火焰给你。因为我们从来没有佩戴过这样美丽的东西，我很想得到它。你愿意和我做交换吗，小精灵？"

喜出望外的芮波儿立刻摘下项链递给女王。可是，一碰到女王的手，那些宝石就像雪花一样融化了，像水滴一样滴滴答答地落在地上，闪烁着美丽的光芒。女王失望极了，精灵们都因为这件事生芮波儿的气。可怜的芮波儿呆呆地站在那里，不知道自己该怎么办，才能赢得那珍贵的火焰。

"在我海底的家里，还有许多更漂亮的珠宝，只要你恩准我的请求，我保证带更多的宝石回来给你们。"她转过身来，温柔地看着那些脾气暴躁的精灵，她们正绕着她狂躁地飞来飞去呢。

"你必须给我们每人带一块永远都不会熔化的宝石回来。"她们说道，"我们可以把心里的火焰给你，可等那个孩子苏醒了，你就要把你能找到的海底珠宝都带到这里来。不过，假如它们还是熔化了，你就要做我们的囚徒。要是你同意这个条件，就带上我们的火焰回家去吧。可不要打算一去不返，我们一定会把你找出来的。"

芮波儿同意了她们的条件。虽然她并不肯定，自己是不是能够找到不会熔化的宝石，可是她想到自己许下的诺言，就顾不上多想了。精灵们从各自的胸膛里取出一点火焰，放在一个水晶瓶子里。顿时，那瓶子就像星星一样闪闪发亮。

芮波儿跟精灵们道别，拿着火焰，沿着那条闪光的大道，再次穿过了迷雾和乌云。然后，她向着那久别了的蓝色大海飞奔而去。

当她又一次跳进那清凉的水波中，向自己家里游去时，心里是多么快乐啊！精灵姐妹们欢喜地迎了上来，听她说着旅行中的故事。她们一会儿哭，一会儿笑，直到她们发现了芮波儿带回来的水晶瓶。

"现在，"她们说道，"来兑现你一直在为之努力的承诺吧。"她们一起来到那个安静的坟墓。那个孩子正静静地、冰冷地躺在那里，就像一座大理石雕像。芮波儿把火焰放在了他的胸口上，只见火焰突突地闪烁起来，冒着火星。渐渐地，光明回到了那曾经了无生气的瞳仁里，一丝红晕开始浮现在那苍白的脸颊上，从那微张的嘴唇里吐出了第一缕呼吸。魔力火焰继续发光发热。终于，孩子从长长的沉睡中苏醒过来，面带微笑，好奇地注视着身边这些美丽的面孔。

芮波儿激动得跳了起来。接着，她和精灵姐妹一起，为这个孩子穿上了鲜亮的海草长袍，戴上了美丽的花环，还在他的手腕上套上贝壳编织的手镯。

"跟我们走，亲爱的小孩，"芮波儿说道，"我们要带你回到阳光和空气中去，那儿才是你的家，而且，还有一个亲爱的人正在海滩上等你呢。"

那位伤心的母亲此刻正站在岸边，望眼欲穿地注视着大海。海风卷起了她的头发，海浪拍打着她的双脚。忽然，一个蓝色的大浪涌了过来。在浪尖上，她看到一群水精灵正冲她微笑，而在更高处，被精灵们洁白的手臂托举着的，正是她的孩子，他的小手正在向她挥舞。那个在她梦中出现过无数次的声音，正快活地叫着："你看啊，亲爱的妈妈，看这些小精灵，给了我多好玩的东西，我看起来是不是更漂亮啦！"

波浪迅速退回海中去了，只有芮波儿和孩子留了下来。孩子猛地扑进了妈妈的怀里。

"哦，信守诺言的小精灵！我该怎么报答你啊！就把这串珍珠项链给你吧，除了它，我一无所有。这些珍珠是大海用我的眼泪变的，希望你能收下这小小的礼物。"无比幸福的母亲说道。

"谢谢，很高兴能得到你的礼物，我会把它戴在身上的。"水精灵芮波儿说道。她戴上那串珠链，和那对幸福的母子告别，回到了大海中。

现在，芮波儿要去完成另一件任务了，那就是她和火精灵之间的约定。她从海底的各个洞穴收集了许多灿烂的宝石。然后，她去空中召唤回忠诚的风，乘着它再次飞往火精灵的家园。

火精灵高兴地出来迎接她，领她来到女王面前。芮波儿把自己花了许多时间和力气找来的宝贝，都放在女王脚下。可是，当火精灵想把这些宝石放在自己的花冠上时，它们还是熔化了，就像彩色的露珠一样滴落了下去。芮波儿心碎地看到，一块又一块宝石在火精灵们手里化为乌有。火精灵们都气哼哼地看着她。芮波儿恳求她们发发慈悲，再给她一次机会，并且说道："请不要把我关在这儿，我在你们的火焰世界里是活不下去的。要不是有这件雪花斗篷的保护，我也早就跟那些宝石一样熔化了。亲爱的精灵们啊，让我去完成另一个任务，离开这个过于温暖的地方吧，这对一个住在海底的精灵来说，真的是太可怕啦。"

可火精灵们根本就不听，反而步步逼近，火花四溅地说道："我们不会让你走的，因为你保证过，要是你带来的宝石没用，就做我们的囚犯。现在，把那件雪花斗篷脱了，跟我们到火焰泉里去，伺候我们洗澡。"

芮波儿瘫倒在滚烫的地板上。她觉得自己这回真的要完了，因为对于她来说，去那个火焰滚滚的地方就意味着死亡。火精灵们却只管围上来，开始动手扯她的斗篷。忽然，她们在斗篷底下发现了那串珍珠项链，颗颗珍珠闪耀着温润而明净的光泽。当火精灵的手指触到它们的时候，这些珍珠竟发出更加炫目的光彩。

"把这个给我们吧！"她们叫着，"它比那些宝石还要漂亮，而且不会熔化。瞧瞧它在我们手里放射出多么灿烂的光辉啊。只要我们能够得到它，过去的一切就算了，你就自由了。"

芮波儿开心地把项链给了她们，又披上了雪花斗篷。然后，她把这串珍珠的来历讲给精灵们听，并向她们道谢，因为如果没有她们送的火焰，那位母亲的眼泪可能还在继续流淌。火精灵们听完这番话，笑得更灿烂了，纷纷拥过来想要拥抱和亲吻芮波儿。幸好芮波儿及时躲开了。她告诉火精灵，她们的每一次触摸对一个水精灵来说都像刀割一样痛苦。

"那么，就让我们用另一种方式表示对你的喜爱吧，这样你也可以有一趟可爱的归乡之旅。跟我们来，"火精灵们说道，"来看看我们为你铺设的光明之路。"

她们领着芮波儿来到一扇大门前，只见一道从阳光中流出的绚烂彩虹，把天空和大地连接在了一起。

"这条路真的非常可爱，"芮波儿说道，"谢谢你们的细心，好心的精灵朋友，再会了！我真想在你们身边多停留一会儿，可是我们的生活习惯太不一样了。而且，我也非常想念我清凉的家乡。现在，日光、微风、落叶和雪花，请飞回到四个季节身边去吧，告诉他们，谢谢他们送的礼物，芮波儿的使命终于完成了。"

就这样，快乐的小精灵沿着那条闪光的道路，轻快地走向了大海。

　　"谢谢，亲爱的夏风，"精灵女王说道，"大家会记住你的故事的。下一次我们在蕨草谷再相聚时，你一定要再多讲几个故事。那么现在，亲爱的舞步，去把在湖上游玩的伙伴们叫回来吧，月亮已经快落下去了，我们得赶紧回家啦。"

　　小精灵们围拢在女王身边，瑟瑟作响的树叶全都安静下来。当花儿甜甜的嗓音为她们奏起和声，她们就唱出了一支《精灵之歌》。

Chapter 09

精灵之歌

月光的柔波从花和树上落下，

星星的灯火一盏盏地灭了；

故事讲完了，歌儿唱罢了，

精灵的宴会结束了。

晚风轻摇着沉睡的花儿，

为她们唱着柔柔的歌儿。

不久将要飞来早起的鸟儿，

精灵向这一切挥挥手儿。

我们悄悄穿过大地的梦境，

躲开人类的眼睛，

我们一边撒下美梦，一边轻盈飞行

掠过夜空中的月影——

瞧见我们的是星星的眼眸，

了解我们的只有花儿，

我们开了宴会，我们说了话儿，

现在我们向这一切挥挥手儿。

从小鸟、鲜花、蜜蜂那里，

我们学会了许多许多东西，

用善良的行为替自己寻觅

一段真诚美好的友谊。

虽然我们在大地上隐居，

甜甜的声音轻如耳语，

温暖的心灵却可以

感觉到精灵留下的爱意。

当我们再次相聚在仙境，

银色的月儿会洒下光明

照耀着同样欢乐的表情，

还有精灵无忧的心灵。

展开翅膀，飞向东方的青天

黎明的光辉隐隐闪现。

晨星照亮我们的家园，

精灵们挥挥手儿，再见！

　　当音乐声停息下来时，随着一阵轻柔的沙沙声，精灵们张开了闪光的翅膀，静悄悄地飞过安眠中的大地。花儿合拢了明亮的眼睛，风儿也不再发出声音，因为宴会已经结束，精灵的故事也讲完了。

后记：听花朵唱一首歌

文 / 漪然

"醒来！醒来！去触摸盛开的花儿下面
隐藏着的夏日微风，
让紫罗兰睁开温柔的蓝眼睛，
把睡梦中的玫瑰唤醒。
它们在纤细的花茎上轻轻摇摆，
柔柔、香香、甜甜……"

　　这是一个十六岁女孩，在一个清晨写下的诗歌，后来，她将这首小诗写进了一个童话故事里，让一群小精灵做她的倾听者。于是，这个金灿灿的早晨就像一片随风飘过的花瓣一样，被这个细心的女孩子留在了她的书页之间。这本书，就是路易莎·奥尔科特的《花朵的故事》。

　　所有的小女孩几乎都有过美丽的梦。在梦里，她们相信仙子和魔法；在梦里，她们可以感觉得到一切微小生命中蕴含的巨大奥秘。可并不是所有的小女孩都能记住这些梦。而这位和男孩子一样倔强而好动的小路易莎，虽然是在一个贫困的家庭里长大，她自学成材的父亲布朗逊·奥尔科特却教给了她如何留住自己的梦想。而这个神奇的魔法就是：写作。

路易莎的童年，没有玩具的陪伴，也没有钱去买自己喜欢的书来看，然而，在她生活的地方，大自然的赐予却无处不在。在这个农家小女孩的眼中，野玫瑰、风铃草、雏菊、紫罗兰、风信子、木樨草、百合、苜蓿花……无一不是富于个性和灵气的生命，它们会受伤害，也懂得感激；它们有的温柔，有的活泼，却全都是那么天真和单纯，就像正处在十六岁花季的少女们一样。而那些只有她才能看见的小小精灵，在云端、在浪尖、在树梢、在花间，也都像是和她朝夕生活在一起的姐妹们一样，会用最平凡的草茎、野花编织出最可爱的饰物。儿时的她几乎每天都要在做完家务后，钻到"果园小屋"的小阁楼里，用姐姐们送她的小笔记本，写下她心中那些奇妙的景象。傍晚，忙碌了一整天的家长就会坐在谷仓里观看孩子们自编自演的话剧。每逢这一刻，他们都会露出满意的笑容。

就这样，她渐渐长大，并写出了许多速写、短篇小说、诗歌和剧作。十六岁时，她完成了自己平生第一本书：《花朵的故事》。也正是在这个时期，她认识了一群"先验论"学者们。这些如她父亲般和善慈祥的老人，无微不至地关怀着她。这个沉浸在幸福中的女孩，几乎每天可以到爱默生家的书房中去尽情地翻阅各种书籍，也经常由梭罗叔叔陪着到湖边去散步。因此在《花朵的故事》的扉页上，出现了献给爱默生，也就并不奇怪了。

作为一个十六岁女孩写的书，《花朵的故事》是缺乏一些深广的思索的，其写作手法也远没有路易莎后来的成名作《小妇人》成熟老练。可是，作为一本童话集，它的单纯唯美、清新典雅，却是极其罕见的，甚至可以说，是以花朵为主题的幻想作品里的一次"绝唱"。这个借鉴了《十日谈》嵌套结构的故事，发生在一个"凡人看不见的地方"，在那儿"精灵们正翩翩起舞。沾满露珠的树叶下，萤火虫的串串灯笼正随着清凉的夜风起伏"。这时，精灵女王用银铃似的声音，请求每个精灵轮流为大家讲述一个故事，以度过如此美妙的良宵月夜。

《冰霜国王》就是由精灵们讲述的第一个故事，也是最令人难忘的一个故事。它的情节让我想起"小海蒂"，同样是一个善良的女孩和一个冷漠的老人，同样是爱的温暖最终融化了封闭的心灵。只是在这里，一切内心的悄然改变都幻化为一幅幅大自然中的奇妙图像。冰霜国王的堡垒本来是"灰白色的坚硬冰柱支撑着一个高大的穹形屋顶，屋檐挂满了水晶的冰凌。死寂的花园环绕在宫殿周围，那里面全是凋零的花儿，耷拉着枯枝的树木……"可当他内心的冰雪在小紫罗兰身上散发出的金色光辉中，渐渐消融的时候，这一切就完全变了样——"粗糙的地板上盖满了浓绿的苔草，挂着花蕾的藤蔓爬上了墙壁和房顶，空气中四散着它们甜蜜的气息。清澈明朗的光线中，闪烁的露珠在芬芳的绿叶上投下粉红的影子。"而当他终于接过小紫罗兰编织的百合花王冠的一刻，一个崭新的春天，也就来到了所有人的身边。

接下去的每个故事，几乎都从不同的角度向我们打开了一面映射着大自然之美的魔镜。《小蓟绒和小百合》让我在寻找精灵的宝物时，也漫游了蜜蜂飞舞的原野和蜻蜓掠过的池塘，窥见了秋日黄昏那紫色的天穹和海底沙砾上阳光银色的碎影；《小花蕾》带我倾听春日的鸟鸣，乘着金色蝴蝶飞过草原和树林；在《芮波儿的故事》里，一年四季都是美丽的仙人，"春天带着微笑向这儿飞来了。阳光和微风在前面为她引路，她洁白的长袍上缀满了花朵，头戴一圈圈花环……"而夏天则是"一个优美的身影……身上的翠绿袍子在风中飘扬……头上戴的金冠发出奇异的光辉，把大地照耀得又温暖又明亮"。

欣赏这些写在花瓣上的故事，你不需要去留意那并不曲折的情节，也不用去牢记那并不深奥的寓意，花朵只是为了美丽而盛开，而美本身就是引领我们通往纯洁内心的桥梁。那些如晨露一般晶莹的诗句，只是一个十六岁女孩对生活的感悟与赞美，她看见了这个世界上最美丽的风景，她用自己的方式为我们留下了这些风景。

每一朵花都有自己的名字，如果你知道这一点，大自然就不会再离得那么遥远；每一个季节都有不同的魅力，如果你懂得这一点，生活就不会再显得那么平淡。如果你也相信，这世界的每个角落，都有精灵在悄悄温暖孩子们的梦境，就让我们一起，来听花朵唱一首歌吧。

[全书完]

路易莎·梅·奥尔科特 (1832—1888)

美国女作家

她在学校教过书，当过女裁缝、护士，做过用人。

15岁时写出第一部情节剧，21岁开始发表诗歌及小品。

清新雅丽的文笔，深受当时美国的前辈，如爱默生和梭罗等大师的赞赏。

代表作：《小妇人》《花朵的故事》等

漪 然

1977——2015

原名戴永安

儿童文学作家、翻译家

生于安徽芜湖，3 岁意外致残，8 岁开始自学，14 岁从事专业写作，
2015 年因病去世，年仅 38 岁，一生共创作并翻译作品 200 多部；

原创作品：
《四季短笛》《忘忧公主》《记忆盒子》《心弦奏响的一刻》等

翻译作品：
《月亮的味道》《一个孩子的诗园》《莎士比亚戏剧故事集》《海精灵》
《轻轻公主》《花朵的故事》《七条龙》《不一样的卡梅拉》等

假如我是一个爱做梦的孩子
妈妈，你愿意抱着我
听我说一说我梦里的世界么

花朵的故事

产品经理｜曹俊然　　装帧设计｜郑力珲
产品监制｜慢　慢　　产品统筹｜李　静
责任印制｜路军飞　　出 品 人｜于　桐

图书在版编目(CIP)数据

花朵的故事 / (美) 路易莎·梅·奥尔科特著 ; 潇然译. -- 昆明 : 云南美术出版社, 2018.6

ISBN 978-7-5489-3232-1

Ⅰ.①花… Ⅱ.①路… ②潇… Ⅲ.①童话 – 美国 – 现代 Ⅳ.①I712.88

中国版本图书馆CIP数据核字(2018)第117688号

责任编辑：梁　媛　　于重榕
责任校对：李　平
产品经理：曹俊然
装帧设计：郑力珲
插　　画：亦心liane

花朵的故事

【美】路易莎·梅·奥尔科特　著　　潇然　译

出版发行：云南出版集团
　　　　　云南美术出版社（昆明市环城西路 609 号）
制版印刷：北京旭丰源印刷技术有限公司
开　　本：880mm × 1230mm　1/32
字　　数：100 千字
印　　张：5.25
印　　数：1—9,000
版　　次：2018 年 6 月第 1 版
印　　次：2018 年 6 月第 1 次印刷
书　　号：ISBN 978-7-5489-3232-1
定　　价：38.00 元

版权所有 侵权必究
图书如出现印装质量问题，请致电联系调换（021-64386496）